語言鳥 **P**arrot

語言是通往世界的橋梁

語言鳥 Parrot
語言是通往世界的橋梁

臨時急用！

你一定會用到的

S:Easy Learning, Easy Speaking.

菜英文

MP3

音對照　**看得懂中文，就會說英文**

要說英文？簡單！

應急菜英文壓縮包，解救要說英文燃眉之急！

臨時需要一句英文～愛門OK！

克 編著

只要你會說中文，就可以開口說英文！

I can handle it a

I'm glad to see you aga

What's the matter with you?

It makes me feel much better now.

Don't even think about it.

You know what? I have secret.

基礎
實用

Parrot 語言鳥

◆臨時急用會話一覽表◆

馬上、立刻、就找到你想用的會話

▼

問候 …………………………………… 018
好久不見 …………………………………… 019
近來的狀況 …………………………………… 020
關心對方 …………………………………… 021
對方發生什麼事 …………………………………… 022
發生何事 …………………………………… 023
問題是什麼 …………………………………… 024
氣色不錯 …………………………………… 025
氣色不好 …………………………………… 026
沮喪 …………………………………… 027
外貌 …………………………………… 028
詢問意見 …………………………………… 029
知悉某事 …………………………………… 030
思考 …………………………………… 031
多加考慮 …………………………………… 032
如何打算 …………………………………… 033
確認對方的想法 …………………………………… 034
持不同的想法 …………………………………… 035
對方言論的原因 …………………………………… 036

提供考慮 …………………………… 037
處理的方法 …………………………… 038
如何評論 …………………………… 039
其他人的想法 …………………………… 040
質疑 …………………………… 041
否定的原因 …………………………… 042
是否當真 …………………………… 043
認真的態度 …………………………… 044
挑釁 …………………………… 045
行為的原因 …………………………… 046
質疑行為不恰當 …………………………… 047
說對了 …………………………… 048
保守秘密 …………………………… 049
可以做得到 …………………………… 050
非常認同 …………………………… 051
同意對方的意見 …………………………… 052
非常不認同 …………………………… 053
隨便對方的說詞 …………………………… 054
遵從對方的決定 …………………………… 055
少管閒事 …………………………… 056
別打歪主意 …………………………… 057
無話可說 …………………………… 058
不想再聽了 …………………………… 059
省省力氣別說了 …………………………… 060

受夠了 …………………………… 061

要求心智成熟 ……………………… 062

知道 ………………………………… 063

不知道 ……………………………… 064

不知道特定事件 …………………… 065

不想知道 …………………………… 066

如何會知道 ………………………… 067

考倒了 ……………………………… 068

對方一無所知 ……………………… 069

不用廢話 …………………………… 070

不要嘲諷 …………………………… 071

不要挖苦 …………………………… 072

理解對方的意思 …………………… 073

明白 ………………………………… 074

了解 ………………………………… 075

自我清楚闡釋 ……………………… 076

早應該知道 ………………………… 077

不確定 ……………………………… 078

不甚清楚 …………………………… 079

再說一次 …………………………… 080

沒聽清楚 …………………………… 081

借過 ………………………………… 082

說慢一點 …………………………… 083

自我猜測 …………………………… 084

酷斃了 …………………………………… 085

很棒 ……………………………………… 086

好的表現 ………………………………… 087

好主意 …………………………………… 088

好事 ……………………………………… 089

善意的人 ………………………………… 090

說好話的人 ……………………………… 091

貼心的人 ………………………………… 092

感到驕傲 ………………………………… 093

懇求相信 ………………………………… 094

不敢置信 ………………………………… 095

不在意是否相信 ………………………… 096

非自己的原意 …………………………… 097

不是故意的 ……………………………… 098

不要誤解 ………………………………… 099

視情況決定 ……………………………… 100

可惜糟糕 ………………………………… 101

鼓勵提出看法 …………………………… 102

別過不去 ………………………………… 103

逼人太甚 ………………………………… 104

別裝傻 …………………………………… 105

別吹毛求疵 ……………………………… 106

少賣乖 …………………………………… 107

少吹牛 …………………………………… 108

少裝模作樣 …………………… 109
情不自禁 …………………… 110
求救 …………………… 111
尋求協助 …………………… 112
幫了大忙 …………………… 113
沒有幫助 …………………… 114
也許有幫助 …………………… 115
主動協助 …………………… 116
如何協助 …………………… 117
不用擔心 …………………… 118
不要驚慌 …………………… 119
安然度過 …………………… 120
習慣於某事 …………………… 121
放輕鬆 …………………… 122
冷靜 …………………… 123
振作 …………………… 124
沒什麼大不了 …………………… 125
完全沒事 …………………… 126
鼓勵辦得到 …………………… 127
鼓勵再試一次 …………………… 128
放手去做 …………………… 129
不放棄 …………………… 130
好問題 …………………… 131
解決問題 …………………… 132

同意對方 ……………………… 133
自己沒問題 …………………… 134
留意 …………………………… 135
提醒小心 ……………………… 136
已事先提醒 …………………… 137
仔細看 ………………………… 138
是否有空 ……………………… 139
行進間的禮儀 ………………… 140
請就坐 ………………………… 141
結束 …………………………… 142
不可能 ………………………… 143
不可能成真 …………………… 144
不可思議 ……………………… 145
荒謬 …………………………… 146
危險 …………………………… 147
害怕 …………………………… 148
詭異 …………………………… 149
糟糕 …………………………… 150
困擾 …………………………… 151
越來越糟 ……………………… 152
意外 …………………………… 153
每況愈下 ……………………… 154
請客 …………………………… 155
找時間聚會 …………………… 156

各自付帳 ………………………… 157
仰賴 …………………………… 158
電話聯絡 ………………………… 159
保持聯絡 ………………………… 160
邀約用餐 ………………………… 161
改天再約 ………………………… 162
好好享樂 ………………………… 163
開心玩樂 ………………………… 164
恭禧 …………………………… 165
祝好運 ………………………… 166
保重 …………………………… 167
同樣的祝福 ……………………… 168
一天都順利 ……………………… 169
是否要出發 ……………………… 170
準備要離開 ……………………… 171
一起出發 ………………………… 172
道別 …………………………… 173
下次見 ………………………… 174
是時候了 ………………………… 175
何時要動身 ……………………… 176
是時間作某事 …………………… 177
開我玩笑 ………………………… 178
開玩笑 ………………………… 179
認真態度 ………………………… 180

熱戀中 …………………………………… 181

示愛 ……………………………………… 182

分手 ……………………………………… 183

關係結束 ………………………………… 184

絕交 ……………………………………… 185

期望 ……………………………………… 186

相同的期望 ……………………………… 187

單純的想法 ……………………………… 188

值得嘗試 ………………………………… 189

先想一想 ………………………………… 190

注意聽 …………………………………… 191

聽某人說話 ……………………………… 192

注意看 …………………………………… 193

審視自己 ………………………………… 194

感謝 ……………………………………… 195

感謝所有的事 …………………………… 196

致歉 ……………………………………… 197

請求原諒 ………………………………… 198

認錯 ……………………………………… 199

搞砸 ……………………………………… 200

不必道歉 ………………………………… 201

接受道歉 ………………………………… 202

不客氣 …………………………………… 203

別妄想 …………………………………… 204

過得好 …………………………… 205
目前狀況很好 …………………… 206
樂意的態度 ……………………… 207
肯定的回應 ……………………… 208
情況的確如此 …………………… 209
停止評論 ………………………… 210
不足為奇 ………………………… 211
不相信是真的 …………………… 212
其他需求 ………………………… 213
質疑 ……………………………… 214
質疑又如何 ……………………… 215
提示 ……………………………… 216
保證 ……………………………… 217
失去理智 ………………………… 218
提出建議 ………………………… 219
勸對方多加思考 ………………… 220
白日夢 …………………………… 221
開心聽見好消息 ………………… 222
遺憾聽見壞消息 ………………… 223
別無選擇 ………………………… 224
尚未決定 ………………………… 225
盡力 ……………………………… 226
遺憾是如此 ……………………… 227
遺憾不是如此 …………………… 228

惋惜 …………………………………… 229

後悔 …………………………………… 230

失望 …………………………………… 231

迷路 …………………………………… 232

不必上班 ……………………………… 233

度假中 ………………………………… 234

累壞了 ………………………………… 235

不舒服 ………………………………… 236

發燒 …………………………………… 237

摔斷腿 ………………………………… 238

勸多休息 ……………………………… 239

需要休息 ……………………………… 240

詢問售價 ……………………………… 241

決定購買 ……………………………… 242

自己下決定 …………………………… 243

由對方決定 …………………………… 244

驚呼 …………………………………… 245

低姿態請求 …………………………… 246

去電找人 ……………………………… 247

不要掛斷電話 ………………………… 248

留言 …………………………………… 249

歡迎 …………………………………… 250

歡迎回來 ……………………………… 251

歡迎回家 ……………………………… 252

稍後再決定 …………………… 253

無言以對 …………………… 254

不必理會 …………………… 255

自己不在意 …………………… 256

沒人在意 …………………… 257

不用放在心上 …………………… 258

不再計較 …………………… 259

不公平 …………………… 260

不要拘束 …………………… 261

請求告知 …………………… 262

說出來 …………………… 263

解職 …………………… 264

被資遣 …………………… 265

花費時間 …………………… 266

不耽誤時間 …………………… 267

工程浩大 …………………… 268

被自己反鎖 …………………… 269

感激接受 …………………… 270

客氣回絕 …………………… 271

不必麻煩 …………………… 272

加入或退出 …………………… 273

百分百確認 …………………… 274

打賭 …………………… 275

感到厭煩 …………………… 276

感到噁心 …………………… 277

喜歡 ………………………… 278

不喜歡 ……………………… 279

說明 ………………………… 280

主動處理 …………………… 281

沒有私心 …………………… 282

和對方一樣 ………………… 283

不能理解 …………………… 284

藉口 ………………………… 285

全部的狀況 ………………… 286

提供食物 …………………… 287

想吃食物 …………………… 288

特定餐點 …………………… 289

外出用餐 …………………… 290

最喜歡的食物 ……………… 291

餐廳訂位 …………………… 292

預訂兩人的座位 …………… 293

頭腦不清 …………………… 294

質疑對方的想法 …………… 295

瘋狂 ………………………… 296

被激怒 ……………………… 297

自作自受 …………………… 298

住嘴 ………………………… 299

安靜 ………………………… 300

不要來煩 …………………………… 301

需要獨處 …………………………… 302

丟臉 ………………………………… 303

自不量力 …………………………… 304

咒罵 ………………………………… 305

生氣 ………………………………… 306

要對方滾蛋 ………………………… 307

不要擋路 …………………………… 308

不願再見面 ………………………… 309

糟透了 ……………………………… 310

笨蛋 ………………………………… 311

混蛋 ………………………………… 312

固執 ………………………………… 313

把人搞瘋 …………………………… 314

受到威脅 …………………………… 315

何時能準備好 ……………………… 316

健身 ………………………………… 317

走這裡 ……………………………… 318

喝阻不要動 ………………………… 319

見過某人 …………………………… 320

隨口探詢 …………………………… 321

可以分辨 …………………………… 322

詢問時間 …………………………… 323

無法負擔 …………………………… 324

無法容忍 ……………………… 325
失眠 …………………………… 326
沒有時間 ……………………… 327
不想惹麻煩 …………………… 328
也許會 ………………………… 329
不確定會不會 ………………… 330
是否能力所及 ………………… 331
散步 …………………………… 332
洗碗 …………………………… 333
遛狗 …………………………… 334
詢問同樣的問題 ……………… 335
稍微 …………………………… 336
搭便車 ………………………… 337
趕路 …………………………… 338
招呼計程車 …………………… 339
改變話題 ……………………… 340
頭一次聽到 …………………… 341
住手 …………………………… 342
別期望自己 …………………… 343
美夢成真 ……………………… 344
計畫 …………………………… 345
亂成一團 ……………………… 346

問候

急用例句

> How are you?
> 好 阿 優
> 你好嗎？

急用會話

A How are you?
好 阿 優

你好嗎？

B I'm all right.
愛門 歐 軟特

我很好。

. . . .

A How are you?
好 阿 優

你好嗎？

B Fine, like always.
凡 賴克 歐維斯

很好啊！就和往常一樣！

好久不見

Long time no see.
龍　太ㄇ　弄　吸
好久不見了！

A Long time no see.
龍　太ㄇ　弄　吸

好久不見了！

B I'm glad to see you again.
愛門　葛雷得　兔　吸　優　愛乾

很高興再次見到你。

- -

A Long time no see.
龍　太ㄇ　弄　吸

好久不見了！

B David! So, how's school?
大衛　蒐　好撕　撕褲兒

大衛！學校過得怎麼樣？

近來的狀況

急用例句

How's it been going?
好撕 一特 兵　勾引
近來好嗎？

急用會話

A How's it been going?
好撕 一特 兵　勾引

近來好嗎？

B Very well.
肥瑞 威爾

很好。

⋯⋯⋯⋯⋯⋯⋯⋯⋯⋯⋯⋯⋯⋯⋯

A How's it been going?
好撕 一特 兵　勾引

近來好嗎？

B Just so-so.
賈斯特 蒐蒐

馬馬虎虎！

關心對方

Are you OK?
阿　優　OK

你還好吧？

A Are you OK?
　　阿　優　OK

你還好吧？

B Fine as ever.
　　凡、ㄟ斯 A模

就和以前一樣好啊！

．．．．．．．．．．．．．．．．．．．．．．

A Are you OK?
　　阿　優　OK

你還好吧？

B It makes me feel much better now.
　　一特 妹克斯 密 非兒 罵區　杯特　惱

現在這讓我覺得好多了！

對方發生什麼事

急用例句

What's the matter with you?
華資 勒 妹特耳 位斯 優
你怎麼了？

急用會話

A What's the matter with you?
華資 勒 妹特耳 位斯 優
你怎麼了？

B I just feel sick.
愛 賈斯特 非兒 西客
我就是覺得不舒服。

A What's the matter with you?
華資 勒 妹特耳 位斯 優
你怎麼了？

B My stomach hurts.
買 司他磨A克 赫ㄘ
我的胃很痛！

發生何事

What's wrong?
華資　弄

有什麼事？

A What's wrong?
華資　　弄

有什麼事？

B He doesn't want to go steady.
ㄏ一　得任　忘特　兔　購　斯得低

他還不想定下來。

. . . .

A What's wrong?
華資　　弄

有什麼事？

B Can I have it replaced?
肯　愛　黑夫　一特　瑞不來斯的

我可以換一個嗎？

問題是什麼

急用例句

What's the problem?
華資　勒　撲拉本

有什麼問題嗎？

急用會話

A What's the problem?
　　華資　勒　撲拉本

有什麼問題嗎？

B I locked myself out.
　　愛　辣課的　買塞兒夫　凹特

我把自己反鎖在外了。

• •

A What's the problem?
　　華資　勒　撲拉本

有什麼問題嗎？

B I can't find another one.
　　愛　肯特　煩的　安娜餌　萬

我找不到另一個。

氣色不錯

You look great.
優　路克　鬼雷特
你看起來氣色不錯喔！

A You look great.
優　路克　鬼雷特

你看起來氣色不錯喔！

B I just stop smoking.
愛　賈斯特　司踏不　斯墨客引

我已經戒菸了！

. . . .

A You look great.
優　路克　鬼雷特

你看起來氣色不錯喔！

B I'm getting thinner.
愛門　給聽　　醒了

我變得比較瘦了！

氣色不好

急用例句

You look terrible.
優　路克　太蘿蔔
你看起來糟糕透了！

急用會話

A You look terrible.
優　路克　太蘿蔔
你看起來糟糕透了！

B You worry about yourself. I'm fine.
優　窩瑞兒　爺賓兒　幼兒塞兒夫　愛門　凡
你管好你自己就好！我很好！

A You look terrible.
優　路克　太蘿蔔
你看起來糟糕透了！

B I broke up with Maggie.
愛　不羅客　阿鋪　位斯　瑪姬
我和瑪姬分手了！

沮喪

> You look upset.
> 優　路克　阿鋪塞特
> **你看起來很沮喪耶！**

急用會話

A You look upset.
　　優　路克　阿鋪塞特

　　你看起來很沮喪耶！

B I'm under a lot of pressure.
　　愛門　骯得　亡　落的　歐夫　鋪來揪

　　我的壓力很大。

• •

A You look upset.
　　優　路克　阿鋪塞特

　　你看起來很沮喪耶！

B I appreciate your concern.
　　愛　A鋪西ㄟ特　幼兒　康捨

　　感謝你的關心。

外貌

急用例句

How do I look?
好　賭　愛　路克

我看起來如何？

急用會話

A How do I look?
好　賭　愛　路克

我看起來如何？

B You look great.
優　路克　鬼雷特

你看起來好漂亮。

....

A How do I look?
好　賭　愛　路克

我看起來如何？

B Good.
估的

很好啊！

詢問意見

What do you think of it?
華特　賭　優　施恩客　歐夫　一特
你覺得如何？

A What do you think of it?
　　華特　賭　優　施恩客　歐夫　一特

　　你覺得如何？

B Not good enough.
　　那　　估的　　A那夫

　　不夠好！

- -

A What do you think of it?
　　華特　賭　優　施恩客　歐夫　一特

　　你覺得如何？

B It's worth it.
　　依次　臥施　一特

　　這個很划算！

知悉某事

急用例句

Do you have any idea about it?
賭　優　黑夫　安尼　愛滴兒　爺寶兒　一特
你知不知道這件事？

急用會話

A Do you have any idea about it?
　　賭　優　黑夫　安尼　愛滴兒　爺寶兒　一特

你知不知道這件事？

B This is not what you thought.
　　利斯　意思　那　華特　優　　收特

事情不是你想像的這樣！

- -

A Do you have any idea about it?
　　賭　優　黑夫　安尼　愛滴兒　爺寶兒　一特

你知不知道這件事？

B I have no idea.
　　愛　黑夫　弄　愛滴兒

我不知道。

思考

Have you been thinking about it?
黑夫　優　兵　　施恩慶　爺寶兒　一特
你有思考過這件事嗎？

急用會話

A Have you been thinking about it?
黑夫　優　兵　　施恩慶　爺寶兒　一特
你有思考過這件事嗎？

B All the time.
歐　勒　太ㄇ
我常在思考！

. . . .

A Have you been thinking about it?
黑夫　優　兵　　施恩慶　爺寶兒　一特
你有思考過這件事嗎？

B Now what kind of question is that?
惱　華特　砍特　歐夫　魁私去　意思　類
現在這是什麼問題啊？

多加考慮

急用例句

You got a lot of thinking to do.
優　咖　亡　落的　歐夫　施恩慶　兔　賭

你要多想一想！

急用會話

A Why are you telling me all this?
壞　阿　優　太耳因　密　歐利斯

你為什麼要告訴我這些事？

B You got a lot of thinking to do.
優　咖　亡　落的　歐夫　施恩慶　兔　賭

你要多想一想！

• •

A You got a lot of thinking to do.
優　咖　亡　落的　歐夫　施恩慶　兔　賭

你要多想一想！

B I can make it on my own.
愛　肯　妹克　一特　忘　買　翁

我可以自己獨力完成。

如何打算

What are you going to do?
華特　阿　優　勾引　兔睹

你打算怎麼作？

A What are you going to do?
華特　阿　優　勾引　兔睹

你打算怎麼作？

B I'm going to college next year.
愛門　勾引　兔　卡裡居　耐司特　一耳

我明年要上大學。

. . . .

A I can handle it all by myself.
愛肯　和斗　一特　歐　百　買塞兒夫

我自己可以處理得好。

B What are you going to do?
華特　阿　優　勾引　兔睹

你打算怎麼作？

確認對方的想法

急用例句

You do think so?
優 賭 施恩客蒐
你真的這麼認為？

急用會話

A It's what I mean.
依次 華特 愛 密
我就是這個意思。

B You do think so?
優 賭 施恩客蒐
你真的這麼認為？

- - - - - - - - - - - - - - - - -

A This game sucks.
利斯 給門 薩客司
這場比賽真是爛！

B You do think so?
優 賭 施恩客蒐
你真的這麼認為？

持不同的想法

I don't think so.
愛　動特　施恩客　蒐
我不這麼認為。

急用會話

A Sit down, girl, we got to talk.
西　　黨　　哥樓　屋依　咖　兔　透克
女孩子，坐下！我們得要談一談。

B I don't think so.
愛　動特　施恩客　蒐
我不這麼認為。

A It's not my fault.
依次　那　買　佛特
這不是我的錯。

B I don't think so.
愛　動特　施恩客　蒐
我不這麼認為。

對方言論的原因

急用例句

What makes you say so?
華特　妹克斯　優　塞　蒐
你怎麼會這麼說？

急用會話

A You've gone too far!
優夫　檳　兔　罰
你太過分了！

B What makes you say so?
華特　妹克斯　優　塞　蒐
你怎麼會這麼說？

A Who do you think you are?
乎　賭　優　施恩客　優　阿
你以為你是誰？

B What makes you say so?
華特　妹克斯　優　塞　蒐
你怎麼會這麼說？

提供考慮

How about this one?
好 爺寶兒 利斯 萬
你覺得這一個如何？

A How about this one?
好 爺寶兒 利斯 萬

你覺得這一個如何？

B Not so good.
那 蒐 估的

沒有那麼好。

. . . .

A How about this one?
好 爺寶兒 利斯 萬

你覺得這一個如何？

B How should I know?
好 秀得 愛 弄

我怎麼會知道？

處理的方法

急用例句

How do you deal with it?
好 睹 優 低兒 位斯 一特
你要如何處理這件事？

急用會話

A How do you deal with it?
好 睹 優 低兒 位斯 一特
你要如何處理這件事？

B Sorry, I don't know.
蒐瑞 愛動特 弄
對不起，我不清楚！

A How do you deal with it?
好 睹 優 低兒 位斯 一特
你要如何處理這件事？

B What would you recommend?
華特 屋揪兒 瑞卡曼得
你有什麼意見？

如何評論

What do you say?
華特 賭 優 塞

你怎麼說呢?

急用會話

A What do you say?
華特 賭 優 塞

你怎麼說呢?

B We'll find out shortly.
威爾 煩的 凹特 秀的裡

我們很快就知道了!

- - - - - - - - - - - - - - - - - - - -

A What do you say?
華特 賭 優 塞

你怎麼說呢?

B Don't look at me.
動特 路克ㄟ 密

不要指望我!

其他人的想法

急用例句

What will others think?
華特　我　阿樂斯　施恩客
其他人會怎麼想？

急用會話

A What will others think?
華特　我　阿樂斯　施恩客
其他人會怎麼想？

B How should I know?
好　秀得　愛　弄
我怎麼會知道？

A The dice is cast!
勒　待西　意思　看司
已成定局了！

B What will others think?
華特　我　阿樂斯　施恩客
其他人會怎麼想？

質疑

> Why?
> 壞
> 為什麼？

A That makes no difference.

類　妹克斯　弄　低粉斯

不都一樣嗎？

B Why?

壞

為什麼？

. . . .

A Could you work overtime tonight?

苦揪兒　臥克　歐佛太门　特耐

你今晚可以加班嗎？

B Why?

壞

為什麼？

否定的原因

急用例句

Why not?
壞　那
為什麼不要？

急用會話

A Don't tell anyone else.
動特 太耳 安尼萬 愛耳司

不要告訴其他人。

B Why not?
壞　那

為什麼不要？

A I can't make it in two weeks.
愛 肯特 妹克 一特 引 凸 屋一克斯

我無法在兩個星期的時間內完成。

B Why not?
壞　那

為什麼不行？

是否當真

Are you serious?
阿　優　西瑞耳司
你是認真的嗎？

急用會話

A I can handle it all by myself.
愛 肯 和斗 一特 歐 百 買塞兒夫
我可以自己處理好的。

B Are you serious?
阿　優　西瑞耳司
你是認真的嗎？

. . . .

A I didn't mean to cause any offense.
愛 低等　密 免　寇司 安尼 歐凡絲
我無意引起對立。

B Are you serious?
阿　優　西瑞耳司
你是認真的嗎？

認真的態度

急用例句

I'm serious.
愛門 西瑞耳司
我是認真的。

急用會話

A I'm serious.
愛門 西瑞耳司
我是認真的。

B About what?
爺寶兒 華特
是關於什麼事？

A I'm serious.
愛門 西瑞耳司
我是認真的。

B Good for you.
估的 佛 優
對你來說是好事！

挑釁

So what?
蒐 華特
那又怎樣?

A Time will tell.
太ㄇ 我 太耳

時間會證明一切的。

B So what?
蒐 華特

那又怎樣?

A It's a good opportunity!
依次 ㄜ 佑的　阿婆兔耐替

好機會!

B So what?
蒐 華特

那又怎樣?

行為的原因

急用例句

Why did you do that?
壞　低　優　賭　類
你為什麼要這麼做？

急用會話

A I tried to break into his house.
愛　踹的　兔　不來客　引兔　厂一斯　號斯
我有試著要闖進他家。

B Why did you do that?
壞　　低　優　賭　類
你為什麼要這麼做？

A I told Tracy all about this.
愛　透得　崔西　歐　爺寶兒　利斯
我有告訴崔西所有的事。

B Why did you do that?
壞　　低　優　賭　類
你為什麼要這麼做？

質疑行為不恰當

How could you do that?
好　苦揪兒　賭　類
你怎麼能這麼做？

A Look what I've done.
路克　華特　愛夫　檔

看我做的！

B How could you do that?
好　苦揪兒　賭　類

你怎麼能這麼做？

- - - - - - - - - - - - - - -

A I broke into his house.
愛　不羅客　引兔　厂一斯　號斯

我闖進他家。

B How could you do that?
好　苦揪兒　賭　類

你怎麼能這麼做？

說對了

急用例句

> You can say that again.
> 優 肯 塞 類 愛乾
> 你說對了！

急用會話

A He is a stubborn man.
ㄏㄧ 意思 ㄊ 斯大繃 賣せ

他是一個頑固的人。

B You can say that again.
優 肯 塞 類 愛乾

你說對了！

A She is a gossip.
需 意思 ㄊ 卡司屁

她很愛搬弄是非。

B You can say that again.
優 肯 塞 類 愛乾

你說對了！

保守秘密

I always keep my mouth shut.
愛 歐維斯 機舖 買 冒失 下特
我的口風很緊。

A Don't tell anyone else.
動特 太耳 安尼 萬 愛耳司
不要告訴其他人。

B I always keep my mouth shut.
愛 歐維斯 機舖 買 冒失 下特
我的口風很緊。

A You know what? I have a secret.
優 弄 華特 愛 黑夫 亡 西鬼特
你知道嗎？我有一個秘密。

B I always keep my mouth shut.
愛 歐維斯 機舖 買 冒失 下特
我的口風很緊。

可以做得到

急用例句

> That's fine by me.
> 類茲 凡 百 密
> 我可以。

急用會話

A I hope everyone arrives on time.
愛 厚ㄡ 哀褪瑞萬 阿瑞斯 忘 太ㄇ

我希望大家準時過來。

B That's fine by me.
類茲 凡 百 密

我可以。

- -

A Can you take care of this for me?
肯 優 坦克 卡耳 歐夫 利斯 佛密

你可以幫我處理一下這件事嗎？

B That's fine by me.
類茲 凡 百 密

我可以。

非常認同

> I couldn't agree more.
> 愛　庫鄧　阿鬼　摩爾
> **我完全同意。**

急用會話

A I couldn't agree more.
愛　庫鄧　阿鬼　摩爾
我完全同意。

B You are God damn right.
優　阿　咖的　等　軟特
你真他媽對了。

A We have to leave tomorrow night.
屋依　黑夫　兔　力夫　特媽樓　耐特
我們明天晚上就要離開。

B I couldn't agree more.
愛　庫鄧　阿鬼　摩爾
我完全同意。

同意對方的意見

急用例句

> I agree with you.
> 愛 阿鬼 位斯 優
> 我同意你的意見。

急用會話

A We'll go over to David's place.
屋依我 購 歐佛 兔 大衛斯 不來斯
我們會去大衛的家。

B I agree with you.
愛 阿鬼 位斯 優
我同意你的意見。

A Are you sure?
阿 優 秀
你確定嗎？

B I agree with you.
愛 阿鬼 位斯 優
我同意你的意見。

非常不認同

> I couldn't agree less.
> 愛 庫鄧 阿鬼 賴斯
> **我絕對不同意。**

A I couldn't agree less.
　　愛 庫鄧　 阿鬼 賴斯

　　找絕對不同意。

B Why not?
　　壞 那

　　為什麼不同意？

. . . .

A I couldn't agree less.
　　愛 庫鄧　 阿鬼 賴斯

　　我絕對不同意。

B So what?
　　蒐 華特

　　那又怎麼樣？

隨便對方的說詞

急用例句

> Anything you say.
> 安尼性　優　塞
> **你說怎麼樣就怎麼樣。**

急用會話

A He'll clean it up.
ㄏㄧ我 客寧 一特 阿鋪
他會清理乾淨。

B Anything you say.
安尼性　優　塞
你說怎麼樣就怎麼樣。

- - - - - - - - - - - - - - - - - - - -

A We got to talk.
屋依 咖 兔 透克
我們需要談一談！

B Anything you say.
安尼性　優　塞
你說怎麼樣就怎麼樣。

遵從對方的決定

As you wish.
ㄟ斯 優　胃虛
悉聽尊便。

A Don't say that.
動特　塞　類

不要這樣說。

B As you wish.
ㄟ斯 優　胃虛

悉聽尊便。

. . . .

A Go on to your room, kid.
購 忘 兔 幼兒 入門 ㄎㄧ的

孩子，回去你的房間。

B As you wish.
ㄟ斯 優　胃虛

悉聽尊便。

少管閒事

急用例句

It's none of your business.
依次　那　歐夫　幼兒　逼斯泥斯
你少管閒事。

急用會話

A I can read you like an open book.
愛肯瑞　優賴克恩　歐盆　不克
我把你看透了！

B It's none of your business.
依次　那　歐夫　幼兒　逼斯泥斯
你少管閒事。

A What are you going to do?
華特　阿　優　勾引　兔　賭
你打算怎麼做？

B It's none of your business.
依次　那　歐夫　幼兒　逼斯泥斯
你少管閒事。

別打歪主意

Don't even think about it.
動特　依悶　施恩客　爺寶兒　一特

你想都別想！

A I give you my word for it.
愛寄　優買　臥的　佛一特

我向你保證。

B Don't even think about it.
動特　依悶　施恩客　爺寶兒　一特

你想都別想！

....

A Don't even think about it.
動特　依悶　施恩客　爺寶兒　一特

你想都別想！

B Fine!
凡

隨便你！

無話可說

急用例句

I have nothing to say.
愛黑夫　那性　兔塞
我無話可說。

急用會話

A What do you recommend?
華特　賭　優　瑞卡曼得

你有什麼建議？

B I have nothing to say.
愛黑夫　那性　兔塞

我無話可說。

A That makes perfect sense.
類　妹克斯　夕肥特　攝影師

真是太有道理了！

B I have nothing to say.
愛黑夫　那性　兔塞

我無話可說。

不想再聽了

Say no more.
塞 弄 摩爾
不要再說了！

急用會話

A For God's sake.
佛 咖斯 賽課

天啊！

B Say no more.
塞 弄 摩爾

不要再說了！

- -

A I'm sorry for what I have done to you.
愛門 蒐瑞 佛 華特 愛黑夫 檔 兔 優

我很抱歉對你所做的事。

B Say no more.
塞 弄 摩爾

不要再說了！

省省力氣別說了

急用例句

Save it.
賽夫 一特
別說了！

急用會話

A Why don't you believe her for once?
壞 動特 優 逼力福 喝佛 萬斯

為什麼你就不能相信她一次？

B Save it.
賽夫 一特

別說了！

A It's insane.
依次 因深

真是瘋狂！

B Save it.
賽夫 一特

別說了！

受夠了

Enough!
A那夫
夠了！

A In short, you have to apologize.
引　秀的　優　黑夫兔　A怕樂宅日

總而言之，你還是必須要道歉。

B Enough!
A那夫

夠了！

. . . .

A Why can't you be sociable for once?
壞　肯特　優　逼　瘦修伯　佛　萬斯

你怎麼就不能社交一次？

B Enough!
A那夫

夠了！

061

要求心智成熟

急用例句

Grow up.
葛羅 阿鋪
你成熟點吧!

急用會話

A It's none of your business.
依次 那 歐夫 幼兒 逼斯泥斯
關你屁事!

B Grow up.
葛羅 阿鋪
你成熟點吧!

A Who do you think you are?
乎 賭 優 施恩客 優 阿
你以為你是誰?

B Grow up.
葛羅 阿鋪
你成熟點吧!

知道

I know.
愛 弄
我知道！

A Don't push her too much!
動特　鋪需　喝　兔　罵區

別逼她太甚！

B I know.
愛 弄

我知道！

....

A I guess that would be all right.
愛　給斯　類　屋　逼歐　軟特

我覺得應該沒問題。

B I know.
愛 弄

我知道！

不知道

急用例句

I have no idea.
愛 黑夫 弄 愛滴兒
我不知道。

急用會話

A Do you know how to get there?
睹 優 弄 好 兔給特淚兒

你知道如何到那裡嗎？

B I have no idea.
愛 黑夫 弄 愛滴兒

我不知道。

A Can we make it in time?
肯 屋依 妹克 一特 引 太口

我們能即時抵達嗎？

B I have no idea.
愛 黑夫 弄 愛滴兒

我不知道。

不知道特定事件

I don't know about it.
愛 動特 弄 爺寶兒 一特
我不知道那件事。

急用會話

A Maybe he'll get dizzy.
美批 ㄏ一我 給特 低日

也許他會被弄糊塗。

B I don't know about it.
愛 動特 弄 爺寶兒 一特

我不知道那件事。

. . . .

A How much do you know?
好 罵區 賭 優 弄

你知道的事有多少？

B I don't know about it.
愛 動特 弄 爺寶兒 一特

我不知道那件事。

不想知道

急用例句

> I don't want to know.
> 愛 動特 忘特 兔 弄
>
> 我不想要知道！

急用會話

A We'll find out soon!
威爾 煩的 凹特 訓

我們很快就知道了！

B I don't want to know.
愛 動特 忘特 兔 弄

我不想要知道！

• •

A I don't want to know.
愛 動特 忘特 兔 弄

我不想要知道！

B Fine.
凡

隨便你！

如何會知道

How should I know?
好　秀得　愛　弄

我怎麼會知道？

A What are they going to do?
華特　阿　勒　勾引　兔　賭

他們會怎麼做？

B How should I know?
好　秀得　愛　弄

我怎麼會知道？

- -

A Don't you think this is good?
動特　優 施恩客 利斯 意思 估的

你不覺得這個好嗎？

B How should I know?
好　秀得　愛　弄

我怎麼會知道？

考倒了

急用例句

> Beats me.
> 畢資 密
> **考倒我了。**

急用會話

A What's he driving at?
華資 厂一 轉冰 ㄟ

他到底想幹什麼？

B Beats me.
畢資 密

考倒我了。

．．．．．．．．．．．．．．．．．．．．

A Are you going anywhere?
阿 優 勾引 安尼 灰耳

你有要去哪裡嗎？

B Beats me.
畢資 密

考倒我了。

對方一無所知

You don't know anything.
優 動特 弄 安尼性
你什麼也不知道。

A I have no idea.
愛 黑夫 弄 愛滴兒

我不知道。

B You don't know anything.
優 動特 弄 安尼性

你什麼也不知道。

. . . .

A What can I say?
華特 肯 愛 塞

我能說什麼？

B You don't know anything.
優 動特 弄 安尼性

你什麼也不知道。

不用廢話

急用例句

> You're telling me.
> 優矮　太耳因　密
> **還用得著你說。**

急用會話

A What a let down!
華特 亡 勒 黨

真令人失望！

B You're telling me.
優矮　太耳因　密

還用得著你說。

- -

A You can say that again.
優　肯　塞　類　愛乾

你說對了。

B You're telling me.
優矮　太耳因　密

還用得著你說。

不要嘲諷

Don't make fun of me.
動特　妹克　放歐夫密
不要嘲笑我！

急用會話

A You do like her, don't you?
優　賭賴克　喝　動特　優

你喜歡她，對吧？

B Don't make fun of me.
動特　妹克　放歐夫密

不要嘲笑我！

. . . .

A You will never change your mind.
優　我　耐摩　勘居　幼兒　麥得

你是永遠不會改變主意的。

B Don't make fun of me.
動特　妹克　放歐夫密

不要嘲笑我！

不要挖苦

急用例句

Don't tease me!
動特　踢絲　密
別挖苦我了！

急用會話

A Grow up.
葛羅　阿鋪

你要成熟點！

B Don't tease me!
動特　踢絲　密

別挖苦我了！

- -

A Don't tease me!
動特　踢絲　密

別挖苦我了！

B But I didn't mean it.
霸特　愛低等　密　一特

但是我沒有這個意思啊！

理解對方的意思

I got you.
愛 咖 優

我懂了！

A Understood?
　　　骯得史督

懂了嗎？

B I got you.
　　愛 咖 優

我懂了！

....

A Have you got that?
　　黑夫 優 咖 類

你明白我的意思嗎？

B I got you.
　　愛 咖 優

我懂了！

明白

急用例句

> I see.
> 愛 吸
> 我明白了！

急用會話

A I don't want to hear it.
愛 動特 忘特 兔 厂一偷 一特

我不想聽！

B I see.
愛 吸

我明白了！

- -

A You can't believe a word he said.
優 肯特 逼力福 古 臥的 厂一 曬得

他說的話你不能相信！

B I see.
愛 吸

我明白了！

了解

I understand.
愛　聞得史丹

我能理解。

A It's not what I meant.
依次 那 華特 愛 密特

我不是那個意思。

B I understand.
愛　聞得史丹

我能理解。

....

A This game sucks.
利斯 给門 薩客司

這場比賽真是爛透了！

B I understand.
愛　聞得史丹

我能理解！

自我清楚闡釋

急用例句

Do I make myself clear?
睹 愛 妹克 買塞兒夫 克里兒

我說得夠清楚了嗎？

急用會話

A Do I make myself clear?
睹 愛 妹克 買塞兒夫 克里兒

我說得夠清楚了嗎？

B I don't get it.
愛 動特 給特 一特

我不懂。

A Do I make myself clear?
睹 愛 妹克 買塞兒夫 克里兒

我說得夠清楚了嗎？

B Say again?
塞 愛乾

你說什麼？

早應該知道

> I knew it.
> 愛 紐 一特
> 我早就知道。

A Yes, I did it.
夜司 愛 低 一特

是的，是我做的。

B I knew it.
愛 紐 一特

我早就知道。

．．．．．．．．．．．．．．．．．．．．．．．．．．．．

A See?
吸

你看吧！

B I knew it.
愛 紐 一特

我早就知道。

不確定

急用例句

I'm not sure.
愛門 那 秀

我不確定。

急用會話

A Do you know where he is?
賭 優 弄 灰耳 厂一 意思

你知道他在哪裡嗎？

B I'm not sure.
愛門 那 秀

我不確定。

A What do you say to take a walk?
華特 賭 優 塞 兔坦克 ㄜ 臥克

要不要去散步？

B I'm not sure.
愛門 那 秀

我不確定（要不要去）。

不甚清楚

I don't know for sure.
愛 動特 弄 佛 秀

我不太清楚。

A How many copies would you like?
好 沒泥 咖批斯 屋揪兒 賴克

你要印幾份呢?

B I don't know for sure.
愛 動特 弄 佛 秀

我不太清楚。

· ·

A Where to get another new one?
灰耳 兔 給特 安娜餌 紐 萬

哪裡還可以拿到新的?

B I don't know for sure.
愛 動特 弄 佛 秀

我不太清楚。

再說一次

急用例句

> Pardon?
> 怕等
> **請再說一遍！**

急用會話

A They fall in love.
　　勒　佛引勒夫

他們兩人陷入熱戀中了。

B Pardon?
　　怕等

請再說一遍！

· ·

A I will never change my mind.
　　愛我　耐摩　勒居　買　參得

我永遠不會改變主意。

B Pardon?
　　怕等

你說什麼？

沒聽清楚

急用例句

Excuse me?
ㄟ克斯Q斯 密
你說什麼？

急用會話

A I give you my word for it.
愛寄 優買 臥的 佛 一特

我向你保證。

B Excuse me?
ㄟ克斯Q斯 密

你說什麼？

．．．．．．．．．．．．．．．．．．．．．．．

A I'm pregnant.
愛門 陪個泥特

我懷孕了。

B Excuse me?
ㄟ克斯Q斯 密

你說什麼？

借過

急用例句

Excuse me.
ㄟ克斯Q斯 密

借過！

急用會話

A Excuse me.
ㄟ克斯Q斯 密

借過！

B Sure.
秀

好的！

· · · · · · · · · · · · · · · · · · · ·

A Excuse me.
ㄟ克斯Q斯 密

請問一下！

B Yes?
夜司

請說！

說慢一點

Could you speak slower?
苦揪兒　司批客　師樓耳
你能說得慢一點嗎？

急用會話

A Would you mind if I borrowed it?
　屋揪兒　麥得　一幅　愛　入肉的　一特

我可以借用嗎？

B Could you speak slower?
苦揪兒　司批客　師樓耳

你能說得慢一點嗎？

＊＊＊＊＊＊＊＊＊＊＊＊＊＊＊＊＊＊＊＊

A Fill in the blanks.
飛爾　引　勒　不藍克斯

填寫空格。

B Could you speak slower?
苦揪兒　司批客　師樓耳

你能說得慢一點嗎？

自我猜測

急用例句

I guess.
愛 给斯
我是猜測的啦！

急用會話

A Are you sure?
阿 優 秀
你有確定嗎？

B I guess.
愛 给斯
我是猜測的啦！

A How do you know about it?
好 睹 優 弄 爺寶兒 一特
你怎麼會知道？

B I guess.
愛 给斯
我是猜測的啦！

酷斃了

Cool!
酷喔
真酷!

A Check this out.
切客 利斯 凹特

你看!

B Cool!
酷喔

真酷!

. . . .

A Cool!
酷喔

真酷!

B Yeah, it is.
訝 一特 意思

是啊!

很棒

急用例句

It's awesome.
依次　　歐森

不錯！

急用會話

A It's awesome.
依次　　歐森

不錯！

B You really think so?
優　瑞兒裡　施恩客　蔑

你真這樣認為？

．．．．．．．．．．．．．．．．．．．．．．

A It's awesome.
依次　　歐森

不錯！

B You can't be serious.
優　肯特　逼　西瑞耳司

你不是當真的吧？

好的表現

> Good job.
> 估的 假伯
> **幹得好！**

急用會話

A I've already started packing.
愛夫 歐瑞底 司打的 怕清引

我已經開始打包了！

B Good job.
估的 假伯

幹得好！

．．．．．．．．．．．．．．．．．．．．．．．．．．．．

A I did all I could do.
愛低 歐愛 苦 睹

我已經盡力而為了。

B Good job.
估的 假伯

幹得好！

好主意

急用例句

> That's a good idea.
> 類茲 て 估的 愛滴兒
> **那是一個好主意。**

急用會話

A That's a good idea.
　　類茲 て 估的 愛滴兒

那是一個好主意。

B You bet.
　　優 貝特

沒錯！

A What do you say?
　　華特 賭 優 塞

你覺得呢？

B That's a good idea.
　　類茲 て 估的 愛滴兒

那是一個好主意。

好事

This is good.
利斯 意思 估的

這很好啊！

A I arranged an appointment.
愛 亡潤居的 恩　阿婆一門特

我有安排會議。

B This is good.
利斯 意思 估的

這很好啊！

. . . .

A Maybe we can go to a movie.
美批　屋依 肯　購 兔 亡 母米

也許我們可以去看電影。

B This is good.
利斯 意思 估的

這很好啊！

善意的人

急用例句

It's very kind of you.
依次 肥瑞 砍特 歐夫 優

你真是個好人。

急用會話

A Here you are.
ㄏㄧ偏 優 阿

給你！

B It's very kind of you.
依次 肥瑞 砍特 歐夫 優

你真是個好人。

A Let me help you with it.
勒 密 黑耳ㄆ 優 位斯 一特

我來幫你！

B It's very kind of you.
依次 肥瑞 砍特 歐夫 優

你真是個好人。

說好話的人

It's nice of you to say so.
依次 耐斯 歐夫 優 兔 塞 蒐

你能這麼說真好。

急用會話

A I wish you could stay.
愛 胃虛 優 苦 斯得

真希望你可以留下來。

B It's nice of you to say so.
依次 耐斯 歐夫 優 兔 塞 蒐

你能這麼說真好。

．．．．．．．．．．．．．．．．．．．．

A Call me if you have any questions.
摳 密 一幅 優 黑夫 安尼 魁私去斯

如果有問題的話，就打電話給我。

B It's nice of you to say so.
依次 耐斯 歐夫 優 兔 塞 蒐

你能這麼說真好。

貼心的人

急用例句

How sweet!
好 司威特
你真是貼心！

急用會話

A Allow me.
阿樓 密

讓我來處理！

B How sweet!
好 司威特

你真是貼心！

· ·

A How sweet!
好 司威特

你真是貼心！

B I'm glad you enjoyed it.
愛門 葛雷得 優 因九的 一特

我很高興你喜歡！

感到驕傲

> **I'm proud of you.**
> 愛門 撲勞的 歐夫 優
> **我為你感到驕傲。**

急用會話

A I made it.
愛 妹得 一特

我辦到了!

B I'm proud of you.
愛門 撲勞的 歐夫 優

我為你感到驕傲。

．．．．．．．．．．．．．．．．．．．．．．．．．

A I'll prove myself to you.
愛我 埔夫 買塞兒夫 兔 優

我會向你證明我自己的能力!

B I'm proud of you.
愛門 撲勞的 歐夫 優

我為你感到驕傲。

懇求相信

急用例句

Believe me.
逼力福 密

相信我！

急用會話

A Come on.
康 忘

少來了！

B Believe me.
逼力福 密

相信我！

A It's no problem to you, right?
依次 弄 撲拉本 兔 優 軟特

對你而言是沒問題的，對吧？

B Believe me.
逼力福 密

相信我！

不敢置信

I can't believe it.
愛 肯特 逼力福 一特
真教人不敢相信！

A I can't believe it.
愛 肯特 逼力福 一特

真教人不敢相信！

B I warned you.
愛 旺的 優

我警告過你。

∙∙∙∙∙∙∙∙∙∙∙∙∙∙∙∙∙∙∙∙∙∙∙∙∙∙∙∙∙∙∙∙

A I fall in love with David.
愛 佛 引 勒夫 位斯 大衛

我愛上大衛了。

B I can't believe it.
愛 肯特 逼力福 一特

真教人不敢相信！

不在意是否相信

急用例句

Believe it or not.
逼力福 一特 歐 那
隨你相不相信！

急用會話

A It's impossible.
依次 困趴色伯

不可能！

B Believe it or not.
逼力福 一特 歐 那

隨你相不相信！

A I don't buy it.
愛 動特 百 一特

我才不相信！

B Believe it or not.
逼力福 一特 歐 那

隨你相不相信！

非自己的原意

急用例句

I didn't mean that.
愛 低等 密 類
我不是那個意思。

急用會話

A Are you kidding?
阿 優 ㄎㄧㄉ
你在開玩笑嗎?

B I didn't mean that.
愛 低等 密 類
我不是那個意思。

A Now what?
惱 華特
現在是怎麼回事?

B I didn't mean that.
愛 低等 密 類
我不是那個意思。

不是故意的

急用例句

I didn't mean to.
愛 低等　密　兔
我不是故意的。

急用會話

A Don't brush me off!
動特　不拉需　密　歐夫
別敷衍我!

B I didn't mean to.
愛 低等　密　兔
我不是故意的。

A Don't try to sell me the story.
動特　踹　兔　塞耳　密　勒　斯兜瑞
少跟我鬼扯!

B I didn't mean to.
愛 低等　密　兔
我不是故意的。

不要誤解

Don't get me wrong!
動特 給特 密 弄
不要誤解我！

A There you go again!
淚兒 優 購 愛乾

你又來了！

B Don't get me wrong!
動特 給特 密 弄

不要誤解我！

. . . .

A That makes no difference.
類 妹克斯 弄 低粉斯

不都一樣嗎？

B Don't get me wrong!
動特 給特 密 弄

不要誤解我！

視情況決定

急用例句

It depends.
一特　低盤斯

要視情況而定。

急用會話

A Forget it!
佛給特　一特

那就算了吧！

B It depends.
一特　低盤斯

要視情況而定。

．．．．．．．．．．．．．．．．．．．．．．．

A What are you going to do?
華特　阿　優　勾引　兔　賭

你要怎麼做？

B It depends.
一特　低盤斯

要視情況而定。

可惜糟糕

> It's too bad.
> 依次 兔 貝特
> 太糟糕了！

A I lost it.
愛 漏斯特 一特

我失去了！

B It's too bad.
依次 兔 貝特

太糟糕了！

. . . .

A We'll have to pay for it.
屋依我 黑夫 兔 配 佛 一特

我們一定會為此事付出代價。

B It's too bad.
依次 兔 貝特

太糟糕了！

鼓勵提出看法

急用例句

Say something.
塞　　桑性
說說話吧！

急用會話

A Say something.
塞　　桑性
說說話吧！

B I have no idea.
愛 黑夫 弄 愛滴兒
我沒有頭緒。

A Say something.
塞　　桑性
說說話吧！

B It's up to you.
依次 阿鋪 兔 優
由你決定。

別過不去

急用例句

Don't give me a hard time.
動特　寄　密 ㄜ 哈得　太ㄇ
別跟我過不去。

急用會話

A Forget it.
佛給特 一特
算了！

B Don't give me a hard time.
動特　寄　密 ㄜ 哈得 太ㄇ
別跟我過不去。

A Sorry, I don't really like this.
蒐瑞 愛 動特 瑞兒裡 賴克 利斯
抱歉，我不太喜歡這個。

B Don't give me a hard time.
動特　寄　密 ㄜ 哈得 太ㄇ
別跟我過不去。

逼人太甚

急用例句

Don't push me too far!
動特 舖需 密 兔罰
別逼人太甚！

急用會話

A Don't push me too far!
動特 舖需 密 兔罰
別逼人太甚！

B Sorry, I didn't catch you.
蒐瑞 愛低等 凱區 優
抱歉，我沒有聽懂。

· ·

A You shouldn't have done that.
優 秀等特 黑夫 檔 類
你不應該做這件事。

B Don't push me too far!
動特 舖需 密 兔罰
別逼人太甚！

別裝傻

急用例句

Don't be silly!
動特　逼 溪裡
別傻了！

急用會話

A Is that the time?
意思 類 勒　太ㄇ
是這個時間嗎？

B Don't be silly!
動特　逼 溪裡
別傻了！

A I just made it!
愛 賈斯特 妹得 一特
我做到了！

B Don't be silly!
動特　逼 溪裡
別傻了！

別吹毛求疵

Don't be so fussy!

動特 逼 蒐 發西

別太吹毛求疵!

急用會話

A Please forgive me for this.

普利斯　佛寄　密佛利斯

請原諒我做了這件事。

B Don't be so fussy!

動特　逼　蒐　發西

別太吹毛求疵!

A The dice is cast!

勒 待西 意思 看司

已成定局了!

B Don't be so fussy!

動特　逼　蒐　發西

別太吹毛求疵!

少賣乖

Come on!
康　忘
得了吧！

A Come on!
　　康　忘

少來了！

B Easy, easy.
　　一日　一日

放輕鬆點！

A We've got to have it back.
　　為夫　咖　兔黑夫一特貝克

我們得要把它要回來！

B Come on!
　　康　忘

得了吧！

少吹牛

急用例句

Give me a break.
寄 密 ㄊ 不來客
太離譜了！

急用會話

A But... I'm not ready.
霸特 愛門那 瑞底

但是我還沒準備好！

B Give me a break.
寄 密 ㄊ 不來客

太離譜了！

A I thought I heard something.
愛 收特 愛 喝得 桑性

我以為我有聽到聲音。

B Give me a break.
寄 密 ㄊ 不來客

別吹牛了！

少裝模作樣

Don't give me that!
動特　寄　密　類
少跟我來這一套！

A What should I do?
華特　秀得　愛賭

我應該怎樣做？

B Don't give me that!
動特　寄　密　類

少跟我來這一套！

. . . .

A What would you recommend?
華特　屋揪兒　瑞卡曼得

你有什麼意見？

B Don't give me that!
動特　寄　密　類

少跟我來這一套！

情不自禁

急用例句

> I can't help it.
> 愛 肯特 黑耳ㄆ 一特
> **我情不自禁。**

急用會話

A You what?
優 華特
你怎麼樣？

B I can't help it.
愛 肯特 黑耳ㄆ 一特
我情不自禁。

. . . .

A That's going too far!
類茲 勾引 兔 罰
這太離譜了！

B I can't help it.
愛 肯特 黑耳ㄆ 一特
我情不自禁。

求救

Help!
黑耳ㄆ
救命啊！

A Help!
黑耳ㄆ

救命啊！

B What happened to you?
華特　黑噴的　兔　優

你怎麼了？

- -

A Help!
黑耳ㄆ

救命啊！

B Something wrong?
桑性　　弄

有問題嗎！

尋求協助

急用例句

Could you give me a hand?
苦揪兒　寄　密亡和的
你能幫我一個忙嗎？

急用會話

A Could you give me a hand?
苦揪兒　寄　密亡和的

你能幫我一個忙嗎？

B Sure.
秀

好啊！

A Could you give me a hand?
苦揪兒　寄　密亡和的

你能幫我一個忙嗎？

B What is it?
華特 意思 一特

什麼事？

幫了大忙

You've been very helpful.
優夫　　兵　肥瑞　黑耳佛
你真的幫了大忙。

A Don't worry about it.
動特　窩瑞　爺寶兒 一特

不要擔心！

B You've been very helpful.
優夫　　兵　肥瑞　黑耳佛

你真的幫了大忙。

- -

A Here you are.
厂一偷 優　阿

給你！

B You've been very helpful.
優夫　　兵　肥瑞　黑耳佛

你真的幫了大忙。

沒有幫助

急用例句

> It didn't help.
> 一特 低等 黑耳ㄆ
> 這沒有幫助。

急用會話

A I warned you before.
愛 旺的 優 必佛

我以前就警告過你。

B It didn't help.
一特 低等 黑耳ㄆ

這沒有幫助。

A So what?
蒐 華特

那又怎麼樣？

B It didn't help.
一特 低等 黑耳ㄆ

這沒有幫助。

也許有幫助

Maybe that will help.
美批　類　我　黑耳ㄆ
也許會有幫助。

A Just an idea.
賈斯特　恩　愛滴兒
只是一個想法。

B Maybe that will help.
美批　類　我　黑耳ㄆ
也許會有幫助。

A Is it going to work?
意思　一特　勾引　兔　臥克
會有用嗎？

B Maybe that will help.
美批　類　我　黑耳ㄆ
也許會有幫助。

主動協助

急用例句

May I help you?
美 愛 黑耳夕 優
需要我的效勞嗎？

急用會話

A May I help you?
美 愛 黑耳夕 優

需要我的效勞嗎？

B Yes, please.
夜司 普利斯

好的，麻煩你了！

A May I help you?
美 愛 黑耳夕 優

需要我的效勞嗎？

B No, thanks.
弄 山克斯

不用，謝謝！

如何協助

What can I do for you?
華特　肯 愛 賭　佛　優
我能為你做什麼？

A What can I do for you?
　　華特　肯 愛 賭　佛　優

　　我能為你做什麼？

B Can you copy this for me, please?
　　肯　優　咖批 利斯 佛　密　普利斯

　　麻煩你幫我影印這個。

. . . .

A Excuse me?
　　ㄟ克斯Q斯 密

　　請問一下？

B What can I do for you?
　　華特　肯 愛 賭　佛　優

　　我能為你做什麼？

不用擔心

急用例句

> Don't worry.
> 動特　窩瑞
> **不必擔心！**

急用會話

A Don't worry.
動特　窩瑞

不必擔心！

B I won't.
愛　甕

我不會啊！

. . . .

A But I am afraid……
霸特　愛 M 哀福瑞特

可是我很擔心……

B Don't worry.
動特　窩瑞

不必擔心！

不要驚慌

Don't panic!
動特 攀泥課
不要慌張！

A Man!
賣せ

我的天啊！

B Don't panic!
動特 攀泥課

不要慌張！

- -

A It's horrible, isn't it?
依次 哈蘿蔔 一任 一特

這很糟糕，不是嗎？

B Don't panic!
動特 攀泥課

不要慌張！

安然度過

急用例句

Everything will be fine.
哀褪瑞性　我　逼　凡
不會有事的。

急用會話

A I appreciate your concern.
愛 A鋪西ㄟ特　幼兒　康捨

我很感謝你的關心。

B Everything will be fine.
哀褪瑞性　我　逼　凡

不會有事的。

A I'm sorry to bother you.
愛門 蒐瑞　兔 芭樂　優

很抱歉要麻煩你了！

B Everything will be fine.
哀褪瑞性　我　逼　凡

不會有事的。

習慣於某事

急用例句

You will get used to it!
優　我 給特 又司的 兔 一特
你會習慣它的。

急用會話

A I don't want this.
愛 動特　忘特 利斯
我也不想要這樣啊！

B You will get used to it!
優　我　給特 又司的 兔 一特
你會習慣它的。

A Don't give me a hard time.
動特　寄　密 ㄜ 哈得 太ㄇ
別為難我了！

B You will get used to it!
優　我　給特 又司的 兔 一特
你會習慣它的。

放輕鬆

急用例句

Take it easy.
坦克 一特 一日

放輕鬆點！

急用會話

A What's your problem?
華資 幼兒 撲拉本

你怎麼回事啊？

B Take it easy.
坦克 一特 一日

放輕鬆點！

A You make me so mad.
優 妹克 密 蔑 妹的

你氣死我了啦！

B Take it easy.
坦克 一特 一日

放輕鬆點！

冷靜

> Calm down.
> 康母　黨
> 冷靜下來。

A Calm down.
康母　黨

冷靜下來。

B How can you say that?
好　肯　優　塞　類

你怎麼可以這樣說？

- -

A He is crazy to do such a thing.
厂一 意思 廚理 兔 賭 薩區 亡 性

他做了這樣的事真蠢！

B Calm down.
康母　黨

冷靜下來。

振作

急用例句

Cheer up!
起兒 阿鋪
振作點！

急用會話

A What a let down!
華特 亡 勒 黨

真令人失望！

B Cheer up!
起兒 阿鋪

振作點！

. . . .

A What shall I do?
華特 修 愛睹

我應該怎樣做？

B Cheer up!
起兒 阿鋪

振作點！

沒什麼大不了

It's no big deal.
依次 弄 逼個 低兒

這沒什麼大不了啊！

A It's no big deal.
依次 弄 逼個 低兒

這沒什麼大不了啊！

B You are God damn right.
優 阿 咖的 等 軟特

你真他媽說對了！

A You shouldn't have done that!
優 秀等特 黑夫 檔 類

你真不應該那樣做！

B It's no big deal.
依次 弄 逼個 低兒

這沒什麼大不了啊！

完全沒事

急用例句

It's nothing.
依次　那性

沒事！

急用會話

A Are you OK?
　　阿　優　OK

你還好吧？

B It's nothing.
　　依次　那性

沒事！

A You look really pale.
　　優　路克　瑞兒裡　派耳

你臉色看起來很蒼白！

B It's nothing.
　　依次　那性

沒事！

鼓勵辦得到

> You can make it.
> 優　肯　妹克一特
> **你辦得到的。**

A You can make it.
優　肯　妹克一特

你辦得到的。

B I don't know…
愛動特　弄

我不知道耶…

· · · · · · · · · · · · · · · · · · · ·

A You can make it.
優　肯　妹克一特

你辦得到的。

B Why are you so sure?
壞　阿　優　蒐秀

你怎麼會這麼確定？

鼓勵再試一次

急用例句

> Try again.
> 踹　愛乾
> **再試一次。**

急用會話

A Try again.
　　踹　愛乾
　　再試一次。

B I can't.
　　愛 肯特
　　我辦不到啦！

- - - - - - - - - - - - - - - - - - - -

A What shall I do?
　　華特　修 愛睹
　　我應該怎樣做？

B Try again.
　　踹　愛乾
　　再試一次。

放手去做

Just do it.
賈斯特 賭 一特
儘管去做吧!

A Oh, it's impossible.
喔 依次 因趴色伯

喔,這不可能吧!

B Just do it.
賈斯特 賭 一特

儘管去做吧!

. . . .

A I don't know what to do.
愛動特 弄 華特 兔賭

我不知道要怎麼做。

B Just do it.
賈斯特 賭 一特

儘管去做吧!

不放棄

急用例句

Don't give up.
動特　寄　阿鋪
不要放棄！

急用會話

A I can't find another new one.
愛 肯 特 煩的 安娜餌 紐 萬

我找不到另一個新的。

B Don't give up.
動特　寄　阿鋪

不要放棄！

A I don't know about it at all.
愛 動特 弄 爺寶兒 一特 ㄟ 歐

我完全不知道！

B Don't give up.
動特　寄　阿鋪

不要放棄！

好問題

Good question!
估的　魁私去
問得好！

A Isn't it good enough?
一任　一特　估的　A那夫

這不夠好嗎？

B Good question!
估的　　魁私去

問得好！

················

A How do you like Taipei so far?
好　賭　優　賴克　台北　蒐罰

到目前為止，你喜歡台北嗎？

B Good question!
估的　　魁私去

問得好！

解決問題

急用例句

It will all work out.
一特 我 歐 臥克 凹特
事情會有辦法解決的。

急用會話

A We need some money.
屋依尼的 桑 曼尼

我們需要錢！

B It will all work out.
一特 我 歐 臥克 凹特

事情會有辦法解決的。

A I don't know what to do.
愛 動特 弄 華特 兔 賭

我不知道該怎麼辦！

B It will all work out.
一特 我 歐 臥克 凹特

事情會有辦法解決的。

同意對方

Go ahead.
購 耳黑的
繼續！可以。

急用會話

A I have a question.
愛 黑夫 亡 魁私去

我有一個問題！

B Go ahead.
購 耳黑的

繼續（說）吧！

. . . .

A Can I go to a movie with him?
肯 愛 購 兔 亡 母米 位斯 恨

我可以和他去看電影嗎？

B Go ahead.
購 耳黑的

去吧！

自己沒問題

急用例句

That's fine with me.
類茲 凡 位斯 密
我可以。

急用會話

A How about this Friday?
好 爺寶兒 利斯 富來得

這個星期五怎樣？

B That's fine with me. See you Friday.
類茲 凡 位斯 密 吸 優 富來得

我可以。星期五見。

A How about going for a walk?
好 爺寶兒 勾引 佛 亡 臥克

要不要去散散步？

B That's fine with me.
類茲 凡 位斯 密

好啊！

留意

Look out!
路克 凹特

留意點！

A Look out!
路克 凹特

留意點！

B Oh, I didn't see that.
喔 愛 低等 吸 類

喔，我沒看到！

- -

A Look out!
路克 凹特

留意點！

B Sure. Thanks!
秀 山克斯

好！謝謝提醒！

135

提醒小心

急用例句

> **Be careful.**
> 逼 卡耳佛
>
> 小心！

急用會話

A Be careful.
逼 卡耳佛

小心！

B I will.
愛 我

我會的！

....

A Be careful.
逼 卡耳佛

小心！

B I see.
愛 吸

我知道！

已事先提醒

I told you so.
愛 透得 優 蒐

我已經告訴過你了！

A You can't be serious.
優 肯特 逼 西瑞耳司

你不是當真的吧？

B I told you so.
愛 透得 優 蒐

我已經告訴過你了！

• •

A It's not my fault.
依次 那 買 佛特

這不是我的錯。

B I told you so.
愛 透得 優 蒐

我已經告訴過你了！

仔細看

急用例句

> Check it out!
> 切客 一特 凹特
> 你看！

急用會話

A Check it out!
切客 一特 凹特

你看！

B What a beautiful sweater.
華特 さ 逼丟佛　司為特

這件毛衣真好看！

A Anything?
安尼性

有發現什麼嗎？

B Check it out!
切客 一特 凹特

你看！

是否有空

急用例句

Got a minute?
咖 さ 咪逆特
現在有空嗎？

急用會話

A Got a minute?
咖 さ 咪逆特

現在有空嗎？

B I got some homework to do...
愛 咖 桑　　厚臥克　　兔賭

我要去做功課…

. . . .

A Got a minute?
咖 さ 咪逆特

現在有空嗎？

B Not now.
那　儂

不要現在！

行進間的禮儀

急用例句

> You first.
> 優　福斯特
> 您先請進。

急用會話

A You first.
優　福斯特
您先請進。

B After you.
世副特　優
您先請。

＊＊＊＊＊＊＊＊＊＊＊＊＊＊＊＊＊＊＊＊＊＊＊＊＊＊＊＊＊

A You first.
優　福斯特
您先請進。

B You are so kind.
優　阿　蔻　砍特
你真好心！

請就坐

Have a seat.
黑夫 ㄜ 西特
坐吧！

A Got a minute now?
咖 ㄜ 咪逆特 惱

現在有空嗎？

B Sure.
秀

有啊！

A Can I come in?
肯 愛 康 引

我能進來嗎？

B Sure. Have a seat.
秀 黑夫 ㄜ 西特

當然可以！坐吧！

結束

急用例句

It's over.
依次 歐佛
事情結束了。

急用會話

A Remember, David. Don't do what I did.
瑞敏波　　大衛　動特　賭　華特 愛 低

大衛，要記住，不要做我做過的事。

B It's all over.
依次 歐 歐佛

事情都結束了啊！

A It's over.
依次 歐佛

事情結束了。

B No, it is not.
弄 一特 意思 那

沒有，並沒有！

不可能

急用例句

It's impossible.
依次　因趴色伯
不可能。

急用會話

A What I do will be different.
華特 愛睹 我 逼 低粉特

我要做的事是不同的！

B It's impossible.
依次　因趴色伯

不可能。

. . . .

A I'm not you!
愛門 那 優

我不是你啊！

B It's impossible.
依次　因趴色伯

不可能。

不可能成真

急用例句

> It can't be.
> 一特 肯特 逼
> 不可能的事！

急用會話

A It's helpful.
依次 黑耳佛

這是很有幫助的！

B It can't be.
一特 肯特 逼

不可能的事！

. . . .

A It can't be.
一特 肯特 逼

不可能的事！

B Don't worry about it.
動特 窩瑞 爺寶兒 一特

不要擔心！

不可思議

急用例句

It's incredible.
依次　引魅地薄
令人不可思議。

急用會話

A Take it easy. You'll get well soon.
坦克 一特 一日 優我 給特 威爾 訓

別擔心，你很快就會好的。

B It's incredible.
依次　引魅地薄

令人不可思議。

. . . .

A They decided to get married next month.
勒 低賽低的 兔 給特 妹入特 耐司特 忙斯

他們打算下個月結婚。

B It's incredible.
依次　引魅地薄

令人不可思議。

荒謬

急用例句

It's ridiculous.
依次 瑞低Q樂斯

真是荒謬。

急用會話

A It's ridiculous.
依次 瑞低Q樂斯

真是荒謬。

B Yeah, I think so, too.
訝 愛 施恩客 蒐 兔

是啊！我也是這樣認為！

A She is having an affair with your husband?
需 意思 黑夫田 恩 阿飛兒 位斯 幼兒 哈色奔

她和你先生有外遇？

B It's ridiculous.
依次 瑞低Q樂斯

真是荒謬。

危險

It's dangerous.
依次　丹覺若斯
這很危險的。

A It's dangerous.
依次　丹覺若斯

這很危險的。

B I warned you before.
愛　旺的　優　必佛

我以前就警告過你。

A It's dangerous.
依次　丹覺若斯

這很危險的。

B See? I told you not to do that.
吸　愛　透得優　那兔賭　類

看吧！我告訴過你不要去作那件事的。

害怕

急用例句

It's creepy.
依次 客裡披

令人毛骨悚然。

急用會話

A It's creepy.
依次 客裡披

令人毛骨悚然。

B Are you kidding?
阿 優 ㄎㄧㄉ

你在開玩笑嗎？

A Nothing is happening.
那性 意思 黑噴 引

沒什麼事發生！

B It's creepy.
依次 客裡披

令人毛骨悚然。

詭異

It's weird.
依次 餵兒的
真詭異。

急用會話

A It's weird.
依次 餵兒的

真詭異。

B I will say.
愛 我 塞

的確是這樣。

. . . .

A For God's sake.
佛　咖斯　賽課

天啊！

B It's weird.
依次 餵兒的

真詭異。

糟糕

急用例句

It's horrible.
依次　哈蘿蔔

糟透了！

急用會話

A What do you think of my idea?
華特　賭　優　施恩客　歐夫　買　愛滴兒

你覺得我的點子如何？

B It's horrible.
依次　哈蘿蔔

糟透了！

- - - - - - - - - - - - - - - - - - -

A I've had enough of his garbage.
愛夫　黑的　A那夫　歐夫　厂一斯　卡鼻居

我聽膩了他的廢話。

B It's horrible.
依次　哈蘿蔔

糟透了！

困擾

> It really bothers me.
> 一特 瑞兒裡 芭樂斯 密
> 這件事真的很困擾我。

急用會話

A It really bothers me.
一特 瑞兒裡 芭樂斯 密

這件事真的很困擾我。

B You can't be serious.
優 肯特 逼 西瑞耳司

你不是當真的吧？

. . . .

A It really bothers me.
一特 瑞兒裡 芭樂斯 密

這件事真的很困擾我。

B How come?
好 康

為什麼？

越來越糟

急用例句

It's getting worse.
依次　給聽　臥司

越來越糟了！

急用會話

A It's getting worse.
依次　給聽　臥司

越來越糟了！

B What did I do to make you say that?
華特　低愛賭兔　妹克　優　塞　類

我做了什麼讓你這麼說？

A It's getting worse.
依次　給聽　臥司

越來越糟了！

B You bet.
優　貝特

沒錯。

意外

It's an accident.
依次 恩 A色等的
這是個意外。

A It's an accident.
依次 恩 A色等的

這是個意外。

B An accident? I don't get it.
恩 A色等的 愛 動特 給特 一特

意外？我不懂。

. . . .

A I can't believe a word you say.
愛 肯特 逼力福 乜 臥的 優 塞

我才不信你呢！

B It's an accident.
依次 恩 A色等的

這是個意外。

每況愈下

急用例句

It's getting worse.
依次　給聽　臥司

越來越糟了！

急用會話

A How is everything?
好　意思　衰複瑞性

一切都好嗎？

B It's getting worse.
依次　給聽　臥司

越來越糟了！

A How is your work?
好　意思　幼兒　臥克

你的工作進展得如何？

B It's getting worse.
依次　給聽　臥司

越來越糟了！

請客

It's on me.
依次 忘 密
我請你。

A It's on me.
依次 忘 密

我請你。

B It's nice of you.
依次 耐斯 歐夫 優

你真好。

. . . .

A It's on me.
依次 忘 密

我請你。

B No, thanks.
弄 山克斯

不用,謝謝!

找時間聚會

急用例句

Let's get together sometime.
辣資　給特　特給樂　桑太ㄇ
我們有空聚一聚吧！

急用會話

A Let's get together sometime.
辣資　給特　特給樂　桑太ㄇ
我們有空聚一聚吧！

B Shall we make it Monday then?
修　屋依　妹克　一特　慢得　蘭
那麼把日期定在星期一，好嗎？

A Let's get together sometime.
辣資　給特　特給樂　桑太ㄇ
我們有空聚一聚吧！

B Definitely.
帶分尼特里
當然好啊！

各自付帳

Let's go Dutch.
辣資 購 踏區
各付各的!

A Be my guest.
逼 買 給斯特

我請客。

B Let's go Dutch.
辣資 購 踏區

各付各的!

· ·

A Let's go Dutch.
辣資 購 踏區

各付各的!

B Why not.
壞 那

好啊!

157

仰賴

急用例句

You can count on me.
優　肯　考特　忘　密

你可以仰賴我。

急用會話

A Are you kidding?
阿　優　ㄎㄧ丁

你在開玩笑嗎？

B You can count on me.
優　肯　考特　忘　密

你可以仰賴我。

· ·

A You can't be serious.
優　肯特　逼　西瑞耳司

你不是當真的吧？

B You can count on me.
優　肯　考特　忘　密

你可以仰賴我。

電話聯絡

急用例句

Give me a call sometime.
寄 密 ㄜ 摳 桑太ㄇ
偶爾打個電話給我。

急用會話

A Give me a call sometime.
寄 密 ㄜ 摳 桑太ㄇ
偶爾打個電話給我。

B Sure. Take care of yourself.
秀 坦克 卡耳 歐夫 幼兒塞兒夫
好啊！好好照顧自己。

A See you around.
吸 優 婀壯
再見。

B Give me a call sometime.
寄 密 ㄜ 摳 桑太ㄇ
偶爾打個電話給我。

保持聯絡

急用例句

Keep in touch.
機舖 引 踏區

保持聯絡。

急用會話

A See you around.
吸 優 婀壯

再見。

B Keep in touch.
機舖 引 踏區

保持聯絡。

- -

A Take care of yourself.
坦克 卡耳 歐夫 幼兒塞兒夫

好好照顧自己。

B Keep in touch.
機舖 引 踏區

保持聯絡。

邀約用餐

> Let's do lunch.
> 辣資 賭 濫去
> 我們一起去吃午餐吧!

A Let's do lunch.
辣資 賭 濫去

我們一起去吃午餐吧!

B OK, let's go.
OK 辣 購

好,我們走!

- -

A Let's do lunch.
辣資 賭 濫去

我們一起去吃午餐吧!

B Not now.
那 惱

現在不行!

改天再約

急用例句

Maybe some other time.
美批　桑　阿樂　太ㄇ
改天吧！

急用會話

A Would you like to come with me?
屋揪兒　賴克兔康　位斯密
要和我一起去嗎？

B Maybe some other time.
美批　桑　阿樂　太ㄇ
改天吧！

- -

A Come on. That would be fun.
康忘　類　屋逼放
來嘛！會很好玩的。

B Maybe some other time.
美批　桑　阿樂　太ㄇ
改天吧！

好好享樂

Have fun.
黑夫 放
好好玩!

A Have fun.
黑夫 放
好好玩!

B I will.
愛我
我會的!

- -

A I'm going to the party.
愛門 勾引 兔勒 趴提
我要去派對了!

B Have fun.
黑夫 放
好好玩!

開心玩樂

急用例句

I was having a great time.
愛 瓦雌 黑夫因 亡 鬼雷特 太门
我玩得很開心。

急用會話

A Nice party.
耐斯 趴提

派對很棒吧！

B Yeah. I was having a great time.
訝 愛 瓦雌 黑夫因 亡 鬼雷特 太门

是啊！我玩得很開心。

A School alright?
撕褲兒 歐軟特

上學順利嗎？

B Yeah. I was having a great time.
訝 愛 瓦雌 黑夫因 亡 鬼雷特 太门

是啊！我玩得很開心。

恭禧

> Congratulations.
> 康鬼居勒訓斯
> 恭禧！

急用會話

A I got a raise last week.
愛 咖 ㄤ 肉絲 賴斯特 屋一克

我上星期加薪了。

B Congratulations.
康鬼居勒訓斯

恭禧！

. . . .

A I just made it!
愛 賈斯特 妹得 一特

我做到了！

B Congratulations.
康鬼居勒訓斯

恭禧！

祝好運

急用例句

Good luck.
佑的 辣克
祝你好運。

急用會話

A I have got to go.
愛 黑夫 咖 兔 購
我要走了。

B Good luck.
佑的 辣克
祝你好運。

A Good luck.
佑的 辣克
祝你好運。

B Yeah, I need it.
訝 愛 尼的 一特
是啊，我是需要！

保重

> Take care.
> 坦克 卡耳
> 保重。

A Take care.
坦克 卡耳

保重。

B See you around.
吸 優 婉壯

再見。

. . . .

A Take care.
坦克 卡耳

保重。

B Yeah, you too.
訝 優 兔

是啊！你也是！

同樣的祝福

急用例句

Same to you.
桑姆　兔　優
你也是！

急用會話

A Merry Christmas.
沒若　苦李斯悶斯

耶誕節快樂！

B Same to you.
桑姆兔　優

你也是！

A Have a nice Thanksgiving.
黑夫 さ 耐斯　山克斯 寄敏

感恩節快樂！

B Same to you.
桑姆 兔　優

你也是！

一天都順利

Have a good day.
黑夫 さ 估的 得
祝你有愉快的一天！

A See you later.
吸 優 淚特
待會見。

B Have a good day.
黑夫 さ 估的 得
祝你有愉快的一天！

. . . .

A Have a good day.
黑夫 さ 估的 得
祝你有愉快的一天！

B You too.
優 兔
你也是！

是否要出發

急用例句

Shall we?
修 屋依
我們可以走了嗎？

急用會話

A Shall we?
修 屋依

我們可以走了嗎？

B But... I'm not ready.
霸特 愛門那 瑞底

但是我還沒準備好！

- - - - - - - - - - - - - - - - - - - -

A Shall we?
修 屋依

我們可以走了嗎？

B OK, come on, let's go.
OK 康 忘 辣資 購

好了！我們走吧！

準備要離開

> I really have to go.
> 愛 瑞兒裡　黑夫 兔 購
> **我真的要走了。**

A I really have to go.
愛 瑞兒裡 黑夫 兔 購

我真的要走了。

B See you later.
吸 優 淚特

待會見。

- -

A I really have to go.
愛 瑞兒裡 黑夫 兔 購

我真的要走了。

B Take care.
坦克 卡耳

保重。

一起出發

急用例句

Let's go.
辣資　購
我們走吧！

急用會話

A Let's go.
辣資　購

我們走吧！

B Right now?
軟特　惱

現在嗎？

A Let's go.
辣資　購

我們走吧！

B Sure.
秀

好！

道別

Good-bye.
估的　拜
再見。

A See you.
吸　優

再見。

B Good-bye.
估的　拜

再見。

. . . .

A It's pretty late now.
依次　撲一替　淚特　惱

現在很晚了。

B Sure. Good-bye.
秀　估的　拜

好！再見。

下次見

急用例句

See you next time.
吸　優　耐司特　太ㄇ

下次見！

急用會話

A I'm going away for a few days.
愛門　勾引　ㄟ為　佛ㄜ否　得斯

我要離開幾天的時間。

B See you next time.
吸　優　耐司特　太ㄇ

下次見！

A It's about time to say good-bye.
依次　爺寶兒　太ㄇ　兔塞　估的　拜

該是說再見的時候了。

B See you next time.
吸　優　耐司特　太ㄇ

下次見！

是時候了

It's about time.
依次 爺寶兒 太口
時候到了！

A It's about time.
依次 爺寶兒 太口

時候到了！

B Time for what?
太口 佛 華特

要幹嘛？

. . . .

A It's about time.
依次 爺寶兒 太口

時候到了！

B OK, come on, let's go.
OK 康 忘 辣資購

好了！我們走吧！

何時要動身

急用例句

> When are you off?
> 昏　阿　優　歐夫
> 你何時要離開？

急用會話

A I've come to say good-bye.
愛夫　康　兔　塞　估的　拜

我是來道別的！

B When are you off?
昏　阿　優　歐夫

你何時要離開？

．．．．．．．．．．．．．．．．．．．．．

A I'm calling to say good-bye.
愛門　摳林　兔　塞　估的　拜

我打電話來道別。

B When are you off?
昏　阿　優　歐夫

你何時要離開？

是時間作某事

It's time for dinner.
依次 太ㄇ 佛 丁呢
該吃晚飯了。

A It's pretty late now.
依次 撲一替 淚特 惱

現在很晚了。

B It's time for dinner.
依次 太ㄇ 佛 丁呢

該吃晚飯了。

. . . .

A I'm kind of hungry.
愛門 砍特 歐夫 航鬼力

我有一點餓了。

B It's time for dinner.
依次 太ㄇ 佛 丁呢

該吃晚飯了。

開我玩笑

急用例句

Are you kidding me?
阿 優 ㄎㄧㄒ 密
你是在開我玩笑的吧？

急用會話

A Are you kidding me?
阿 優 ㄎㄧㄒ 密
你是在開我玩笑的吧？

B I am not.
愛 M 那
我沒有！

A What did I do?
華特 低 愛 賭
我做了什麼事？

B Are you kidding me?
阿 優 ㄎㄧㄒ 密
你是在開我玩笑的吧？

開玩笑

> You must be kidding.
> 優 妹司特逼 ㄎㄧㄥ
> 你一定是在開玩笑!

急用會話

A You must be kidding.
優　妹司特逼 ㄎㄧㄥ

你一定是在開玩笑!

B How come?
ㄏㄠ　康

為什麼?

. . . .

A It's not my fault.
依次 那　買　佛特

這不是我的錯。

B You must be kidding.
優　妹司特逼 ㄎㄧㄥ

你一定是在開玩笑!

179

認真態度

急用例句

No kidding?
弄　ㄎㄧㄥ
不是開玩笑的吧！

急用會話

A It's what I mean.
依次 華特 愛 密

我就是這個意思。

B No kidding?
弄　ㄎㄧㄥ
不是開玩笑的吧！

A Good job! Buddy.
估的 假伯 八地

老兄，幹得好。

B No kidding?
弄　ㄎㄧㄥ
不是開玩笑的吧！

熱戀中

Are you seeing someone?
阿　優　　吸引　　桑萬
你是不是正和某人在約會？

A　Are you seeing someone?
　　阿　優　　吸引　　桑萬

你是不是正和某人在約會？

B　Come on, don't worry about it.
　　康　忘　動特　寫瑞　爺寶兒　一特

好了，別擔心了。

. . . .

A　Are you seeing someone?
　　阿　優　　吸引　　桑萬

你是不是正和某人在約會？

B　How do you know?
　　好　賭　優　弄

你怎麼會知道？

示愛

急用例句

I love you.
愛 勒夫 優
我愛你。

急用會話

A Say you love me?
塞 優 勒夫密
你愛我嗎？

B I love you.
愛 勒夫 優
我愛你。

A I love you.
愛 勒夫 優
我愛你

B You make me sick.
優 妹克 密 西客
你好噁心！

分手

I broke up with Mark.
愛 不羅客 阿鋪 位斯 馬克
我和馬克分手了。

急用會話

A You look terrible. What's wrong?
優 路克 太蘿蔔 華資 弄

你看起來糟透了！怎麼啦？

B I broke up with Mark.
愛 不羅客 阿鋪 位斯 馬克

我和馬克分手了。

· ·

A How is Mark?
好 童照 馬克

馬克還好吧？

B I broke up with Mark.
愛 不羅客 阿鋪 位斯 馬克

我和馬克分手了。

關係結束

急用例句

It's over between us.
依次 歐佛　 逼吹　 惡斯
我們之間完了！

急用會話

A Don't leave me. Please!
動特 力夫 密 普利斯
拜託，不要離開我！

B It's over between us.
依次 歐佛　 逼吹 惡斯
我們之間完了！

A Are you separated?
阿　 優　 塞婆瑞踢特
你們分居了嗎？

B It's over between us.
依次 歐佛　 逼吹 惡斯
我們之間完了！

絕交

急用例句

We're not friends anymore.
屋阿 那 富懶得撕 安尼摩爾
我們不再是朋友了！

急用會話

A I thought you were friends.
愛 收特 優 我兒 富懶得撕

我以為你們是朋友。

B We're not friends anymore.
屋阿 那 富懶得撕 安尼摩爾

我們不再是朋友了！

A What did you just say?
華特 低 優 賈斯特 塞

你剛剛說什麼？

B We're not friends anymore.
屋阿 那 富懶得撕 安尼摩爾

我們不再是朋友了！

期望

急用例句

I'm looking forward to it.
愛門 路克引 佛臥得 兔一特
我很期待這件事。

急用會話

A It won't work.
一特 甕 臥克

這行不通的！

B I'm looking forward to it.
愛門 路克引 佛臥得 兔一特

我很期待這件事。

A What are you trying to say?
華特 阿優 踹引 兔塞

你想要說什麼？

B I'm looking forward to it.
愛門 路克引 佛臥得 兔一特

我很期待這件事。

相同的期望

急用例句

I hope so.
愛 厚ㄆ 蒐
希望如此。

急用會話

A You must start working at once.
優 妹司特 司打 臥慶 ㄟ 萬斯

你必須立刻開始工作。

B I hope so.
愛 厚ㄆ 蒐

希望如此。

A I have come to terms with him.
愛 黑夫 康 兔 疼斯 位斯 恨

我已和他達成協定。

B I hope so.
愛 厚ㄆ 蒐

希望如此。

單純的想法

急用例句

Just a thought.
賈斯特 さ 收特
這只是一個想法。

急用會話

A Are you sure?
阿 優 秀

你確定嗎？

B Just a thought.
賈斯特 さ 收特

這只是一個想法。

A Are you serious?
阿 優 西瑞耳司

你是認真的嗎？

B Just a thought.
賈斯特 さ 收特

這只是一個想法。

值得嘗試

It's worth a shot.
依次 臥施 ㄜ 下特
那值得一試。

A What do you recommend?
華特 賭 優 瑞卡曼得

你建議什麼？

B It's worth a shot.
依次 臥施 ㄜ 下特

那值得一試。

....

A I will do my best!
愛我 賭買 貝斯特

我會盡力的！

B It's worth a shot.
依次 臥施 ㄜ 下特

那值得一試。

先想一想

急用例句

Let me see.
勒 密 吸
讓我想想。

急用會話

A Do we have any plans for the weekend?
賭 屋依 黑夫 安尼 不蘭斯 佛 勒屋 一肯特

我們週末有什麼計畫嗎？

B Let me see.
勒 密 吸

讓我想想。

．．．．．．．．．．．．．．．．．．．．

A What do you say to take a walk?
華特 賭 優 塞 兔 坦克 さ 臥克

去散步怎麼樣？

B Let me see.
勒 密 吸

讓我想想。

注意聽

Listen.
樂身
聽著！

A I was so angry.
愛 瓦雖 蒐 安鬼

我很生氣。

B Listen. Stop complaining.
樂身 司踏不 康瀑藍引

聽著！別抱怨了！

∙∙∙∙∙∙∙∙∙∙∙∙∙∙∙∙∙∙∙∙∙∙∙∙∙∙∙∙∙∙∙∙∙∙∙

A Listen.
樂身

聽著！

B Yes?
夜司

什麼事？

聽某人說話

急用例句

> Listen to me.
> 樂身 兔密
> 聽我說。

急用會話

A Everyone will laugh at me.
衰複瑞萬 我 賴夫 ㄟ密
大家都會嘲笑我。

B Listen to me.
樂身 兔密
聽我說。

. . . .

A I don't want to.
愛 動特 忘特 兔
我不要！

B Listen to me.
樂身 兔密
聽我說。

注意看

Look.
路克
你看！

A Look.
路克

你看！

B It's awesome.
依次　歐森

真酷！

. . . .

A Look.
路克

你看！

B Wow, you made it?
哇　優　妹得 一特

哇！你做的？

審視自己

急用例句

Look at you.
路克 ㄟ 優

看看你！

急用會話

A Look at you.
路克 ㄟ 優

看看你！

B I am fine.
愛 M 凡

我很好啊！

A Look at you.
路克 ㄟ 優

看看你！

B Something wrong?
桑性　　弄

有問題嗎？

感謝

> Thank you.
> 山揪兒
> **謝謝你。**

A Thank you.
　　山揪兒

謝謝你。

B It's OK.
　　依次 OK

不必客氣！

* *

A We'll come as soon as we can.
　　屋依我 康 ㄟ斯 訓 ㄟ斯 屋依 肯

我們會盡可能的快一點過去！

B Thank you.
　　山揪兒

謝謝你。

感謝所有的事

急用例句

Thank you for everything.
山揪兒　　佛　　哀複瑞性

這一切都要謝謝你。

急用會話

A You have us.
優　黑夫　惡斯

我們會陪著你啊！

B Thank you for everything.
山揪兒　　佛　　哀複瑞性

這一切都要謝謝你。

A Thank you for everything.
山揪兒　　佛　　哀複瑞性

這一切都要謝謝你。

B Don't mention it.
動特　　沒訓　一特

不必客氣！

致歉

> I'm so sorry.
> 愛門 蒐 蒐瑞
> 我很抱歉。

急用會話

A I'm so sorry.
　　愛門 蒐 蒐瑞

我很抱歉。

B It's OK.
　　依次 OK

沒關係！

- -

A I'm so sorry.
　　愛門 蒐 蒐瑞

我很抱歉。

B Don't worry.
　　動特　寫瑞

別擔心。

請求原諒

急用例句

Forgive me.
佛寄　密
原諒我。

急用會話

A Forgive me.
佛寄　密
原諒我。

B You owe me one.
優　歐　密　萬
你欠我一個人情。

・・・・・・・・・・・・・・・・・・・・・・・・

A Forgive me.
佛寄　密
原諒我。

B That's enough!
類茲　A那夫
夠了！

認錯

My mistake.
買　咪斯坦克
我的錯。

A My mistake.
買　咪斯坦克

我的錯。

B Forget it.
佛給特 一特

算了！

∙∙∙∙∙∙∙∙∙∙∙∙∙∙∙∙∙∙∙∙∙∙∙∙∙∙∙∙∙∙∙∙

A I'm sorry to hear that.
愛門 蒐瑞 兔 ㄏㄧ偏 類

很遺憾聽到這件事。

B My mistake.
買　咪斯坦克

我的錯。

搞砸

急用例句

I messed it up.
愛 賣司的 一特 阿鋪

我搞砸了。

急用會話

A What the hell are you doing?
華特 勒 害耳 阿 優 督引

你到底在幹嘛？

B I messed it up.
愛 賣司的 一特 阿鋪

我搞砸了。

. . . .

A What is that?
華特 意思 類

那是什麼啊？

B I messed it up.
愛 賣司的 一特 阿鋪

我搞砸了。

不必道歉

Don't be sorry.
動特　逼　蔲瑞
不必道歉。

A It's my mistake.
依次　買　咪斯坦克

都是我的錯。

B Don't be sorry.
動特　逼　蔲瑞

不必道歉。

. . . .

A I'm terribly sorry.
愛門　太蘿葡利　蔲瑞

我感到非常抱歉！

B Don't be sorry.
動特　逼　蔲瑞

不必道歉。

接受道歉

急用例句

It's OK.
依次　OK
沒關係！

急用會話

A Sorry, I kept you waiting.
蒐瑞　愛　給波的　優　位聽

對不起，讓你久等了。

B It's OK.
依次　OK

沒關係！

A I've forgotten your name.
愛夫　佛咖疼　幼兒　捏嗯

我忘了你的名字。

B It's OK.
依次　OK

沒關係！

不客氣

> Don't mention it.
> 動特　沒訓　一特
> **不客氣！**

A I really appreciate it.
愛 瑞兒裡 A鋪西ㄟ特 一特

我真的很感謝。

B Don't mention it.
動特　沒訓　一特

不客氣！

. . . .

A Thank you for your time.
山揪兒　佛　幼兒 太ㄇ

謝謝你的撥冗。

B Don't mention it.
動特　沒訓　一特

不客氣！

別妄想

急用例句

No way.
弄 位
不可能。

急用會話

A Can I invite Susan?
　　肯 愛 印賣特 蘇森

　　我可以邀請蘇姍嗎？

B No way.
　　弄 位

　　不可能。

A It's a good opportunity, isn't it?
　　依次 ㄜ 估的 阿婆兔耐替 一任 一特

　　好機會，不是嗎？

B No way.
　　弄 位

　　不要。

過得好

Never better.
耐摩　杯特
再好不過了！

A How are you doing?
好　阿　優　督引

你好嗎？

B Never better.
耐摩　杯特

再好不過了！

. . . .

A How have you been?
好　黑夫　優　兵

你最近怎樣？

B Never better.
耐摩　杯特

再好不過了！

目前狀況很好

急用例句

So far so good.
蒐 罰 蒐 估的
目前為止都還可以。

急用會話

A How are you doing?
好 阿 優 督引

你好嗎？

B So far so good.
蒐 罰 蒐 估的

目前為止都還可以。

• • • • • • • • • • • • • • • • • • • •

A How is it going?
好 意思 一特 勾引

事情都還好吧？

B So far so good.
蒐 罰 蒐 估的

目前為止都還可以。

樂意的態度

My pleasure.
買　舖來揪
我的榮幸。

A Thank you.
　　山揪兒
謝謝你。

B My pleasure.
　　買　舖來揪
我的榮幸。

A Good to see you.
　　估的　兔吸　優
真高興見到你。

B My pleasure.
　　買　舖來揪
我的榮幸。

肯定的回應

急用例句

> Of course.
> 歐夫 寇斯
> **當然是啊！**

急用會話

A Maybe it's a good chance, right?
美批 依次 古 估的 券斯 軟特

也許這是個好機會，對吧？

B Of course.
歐夫 寇斯

當然是啊！

• • • • • • • • • • • • • • • • • • • •

A Could you show me how it works?
苦揪兒 秀 密 好 一特 臥克斯

你可以展示給我看怎麼操作嗎？

B Of course.
歐夫 寇斯

當然好啊！

情況的確是如此

> Perhaps so.
> 頗爾哈撲司 蒐
> 也許就是這樣。

急用會話

A It's your responsibility.
依次 幼兒 瑞斯旁捨批樂踢

這是你的責任。

B Perhaps so.
頗爾哈撲司 蒐

也許就是這樣。

. . . .

A It's not what they thought.
依次 那 華特 勒 收特

事情不是他們所想像的那樣。

B Perhaps so.
頗爾哈撲司 蒐

也許就是這樣。

停止評論

急用例句

> ## Don't say so.
> 動特　塞蒐
> **不要這麼說。**

急用會話

A What a let down!
華特 ㄜ 勒　黨

真令人失望！

B Don't say so.
動特　塞蒐

不要這麼說。

. . . .

A You don't care, right?
優 動特 卡耳　軟特

你不關心，對吧？

B Don't say so.
動特　塞蒐

不要這麼說。

不足為奇

It happens.
一特 黑噴斯
這是常有的事。

A What makes you think so?
華特 妹克斯 優 施恩客蔸

你為什麼會這麼認為？

B It happens.
一特 黑噴斯

這是常有的事。

. . . .

A The girl won't listen.
勒 哥樓 甕 樂身

這女孩不會聽從的！

B It happens.
一特 黑噴斯

這是常有的事。

不相信是真的

急用例句

Really?
瑞兒裡
真的？

急用會話

A I have one more question.
愛 黑夫 萬 摩爾 魁私去
我還有一個問題。

B Really?
瑞兒裡
真的？

A Really?
瑞兒裡
真的？

B Yes, it is.
夜司 一特 意思
是的，是真的！

其他需求

> **Anything else?**
> 安尼性　愛耳司
> **還有其他事嗎？**

急用會話

A Anything else?
　　安尼性　愛耳司

　　還有其他事嗎？

B No, not at all.
　　弄　那　ㄟ　歐

　　沒有，完全沒事了！

. . . .

A You can't do this.
　　優　肯特　睹　利斯

　　你不可以這麼做！

B Anything else?
　　安尼性　愛耳司

　　還有其他事嗎？

質疑

> So?
> 蒐
> 所以呢？

A So?
蒐
所以呢？

B So… let's get out of here.
蒐　辣資 給特 凹特 歐夫 厂一偏
所以我們出去走走吧！

A I need to buy birthday presents.
愛尼的 兔 百　啵斯帶　撲一忍斯
我需要買生日禮物。

B So?
蒐
所以呢？

質疑又如何

So what?
蒐 華特
那又怎麼樣？

A It's hard to use it, isn't it?
依次 哈得 兔 又司 一特 一任 一特

會很難使用，不是嗎？

B So what?
蒐 華特

那又怎麼樣？

. . . .

A We had a terrible fight yesterday.
屋依 黑的 乞 太蘿蔔 費特 夜司特得

我們昨天狠狠地打了一架。

B So what?
蒐 華特

那又怎麼樣？

提示

急用例句

> See?
> 吸
> 看吧！

急用會話

A See?
　吸

看吧！

B I can't believe it.
　愛 肯特 逼力福 一特

我不相信。

. . . .

A See?
　吸

看見了嗎？

B It can't be.
　一特 肯特 逼

不會吧！

保證

You promise?
優　趴摩斯
你保證？

急用會話

A You have my word.
優　黑夫　買　臥的

我向你保證。

B You promise?
優　趴摩斯

你保證？

．．．．．．．．．．．．．．．．．．．．．．．．．．．

A That's impossible.
類茲　　因趴色伯

不可能。

B You promise?
優　趴摩斯

你保證？

失去理智

急用例句

Don't lose your mind.
動特 路濕 幼兒 麥得
別失去理智。

急用會話

A I'm so crazy to do such a thing.
愛門 蔻 廚理 兔賭 薩區 亡 性

我真蠢做了這樣的事！

B Don't lose your mind.
動特 路濕 幼兒 麥得

別失去理智。

．．．．．．．．．．．．．．．．．．．．．．．．

A What's my problem?
華資 買 撲拉本

我是怎麼回事啊？

B Don't lose your mind.
動特 路濕 幼兒 麥得

別失去理智。

提出建議

> Take my advice.
> 坦克 買　阿得賣司
> **接受我的建議。**

急用會話

A Take my advice.
　　坦克 買　阿得賣司

　　接受我的建議。

B You are no help at all.
　　優　阿弗 黑耳夕ㄟ歐

　　你一點忙都沒幫上。

. . . .

A What would you think?
　　華特　　屋擬兒　施恩客

　　你會怎麼認為呢？

B Take my advice.
　　坦克 買　阿得賣司

　　接受我的建議。

勸對方多加思考

急用例句

Use your head.
又司 幼兒 黑的

用用腦吧！

急用會話

A I don't know what to do.
愛 動特 弄 華特 兔 賭

我不知道要怎麼做。

B Use your head.
又司 幼兒 黑的

用用腦吧！

A What do you think?
華特 賭 優 施恩客

你覺得呢？

B Use your head.
又司 幼兒 黑的

用用腦吧！

白日夢

Wake up.
胃課 阿鋪

別作夢了!

A It's worth a shot.
依次 臥施 さ 下特

那值得一試。

B Wake up.
胃課 阿鋪

別作夢了!

. . . .

A Maybe she's crazy about me.
美批 需一斯 虧理 爺寶兒 密

也許她對我很迷戀!

B Wake up.
胃課 阿鋪

別作夢了!

開心聽見好消息

急用例句

I'm glad to hear that.
愛門 萬雷得 兔 ㄏㄧ爾 類

我很高興聽見這件事。

急用會話

A I got a raise.
愛 咖 ㄜ 肉絲

我加薪了！

B I'm glad to hear that.
愛門 萬雷得 兔 ㄏㄧ爾 類

我很高興聽見這件事。

A We are going to marry next month.
屋依 阿 勾引 兔 妹入 耐司特 忙斯

我們下個月要結婚了！

B I'm glad to hear that.
愛門 萬雷得 兔 ㄏㄧ爾 類

我很高興聽見這件事。

遺憾聽見壞消息

急用例句

> I'm sorry to hear that.
> 愛門 蒐瑞 兔 ㄏ一爾 類
> **我很遺憾聽見這件事。**

急用會話

A I married you because of your money.
　　愛 妹入特　優　逼寇司　歐夫 幼兒 曼尼

我因為錢和你結婚。

B I'm sorry to hear that.
　　愛門 蒐瑞　兔 ㄏ一爾 類

我很遺憾聽見這件事。

....

A It was an accident.
　　一特 瓦雌 恩 A色等的

那是意外！

B I'm sorry to hear that.
　　愛門 蒐瑞　兔 ㄏ一爾 類

我很遺憾聽見這件事。

別無選擇

急用例句

I have no choice.
愛 黑夫 弄 丘以私
我別無選擇。

急用會話

A What do you mean by that?
華特 賭 優 密 百 類
你這是什麼意思？

B I have no choice.
愛 黑夫 弄 丘以私
我別無選擇。

. . . .

A I have no choice.
愛 黑夫 弄 丘以私
我別無選擇。

B Everything will be fine.
哀複瑞性 我 逼 凡
凡事都會沒問題的。

尚未決定

I haven't decided yet.
愛 黑悶 低賽低的 耶特
我還沒有決定。

A I haven't decided yet.
愛 黑悶 低賽低的 耶特

我還沒有決定。

B Is there something wrong?
意思 淚兒 桑性 弄

有什麼問題嗎？

A I haven't decided yet.
愛 黑悶 低賽低的 耶特

我還沒有決定。

B Why not?
壞 那

為什麼還沒決定？

盡力

急用例句

> I will do my best.
> 愛　我　賭　買　貝斯特
> 我盡量。

急用會話

A Do what you have to do.
　　賭　華特　優　黑夫　兔　賭
做你應該做的事。

B I will do my best.
　　愛　我　賭　買　貝斯特
我盡量。

A It's worth a shot, right?
　　依次　臥施　亡　下特　軟特
那值得一試，對吧？

B Sure. I will do my best.
　　秀　愛　我　賭　買貝斯特
是啊！我盡量。

遺憾是如此

I'm afraid so.
愛門 哀福瑞特 蒐
恐怕是如此的。

急用會話

A Are you serious?
阿 優 西瑞耳司

你是認真的？

B I'm afraid so.
愛門 哀福瑞特 蒐

恐怕是如此的。

A Is it supposed to rain on Monday?
意思 一特 捨破斯的 兔 瑞安 忘 慢得

星期一有可能會下雨嗎？

B I'm afraid so.
愛門 哀福瑞特 蒐

我很遺憾恐怕會。

遺憾不是如此

急用例句

I'm afraid not.
愛門 哀福瑞特 那

恐怕不行。

急用會話

A Got a minute to talk?
咖 古 咪逯特 兔 透克

現在有空談一談嗎？

B I'm afraid not.
愛門 哀福瑞特 那

恐怕不行。

· ·

A Do you have any plans?
賭 優 黑夫 安尼 不蘭斯

你有什麼計畫嗎？

B I'm afraid not.
愛門 哀福瑞特 那

恐怕是沒有。

惋惜

What a pity!
華特 ㄜ 批替
好可惜啊！

A It's different from what I expected.
依次 低粉特 防 華特 愛 醫師波特踢的
這和我預期的不同！

B What a pity!
華特 ㄜ 批替
好可惜啊！

. . . .

A I'm still feeling a little homesick.
愛門 斯提歐 非寧 ㄜ 裡頭 厚 西客
我有一點想家。

B What a pity!
華特 ㄜ 批替
好可惜啊！

後悔

急用例句

I regret doing that.
愛 瑞鬼特 督引 類
我後悔做那件事。

急用會話

A Shame on you!
邪門 忘 優
你真丟臉！

B I regret doing that.
愛 瑞鬼特 督引 類
我後悔做那件事。

A I regret doing that.
愛 瑞鬼特 督引 類
我後悔做那件事。

B You don't know anything.
優 動特 弄 安尼性
你什麼也不知道啊！

失望

Don't let me down.
動特 勒 密 黨
不要讓我失望。

A Just trust me.
賈斯特 差司特 密

要相信我！

B Don't let me down.
動特 勒 密 黨

不要讓我失望。

. . . .

A Don't let me down.
動特 勒 密 黨

不要讓我失望。

B I won't.
愛 甕

我不會的！

迷路

急用例句

I'm lost.
愛門 漏斯特
我迷路了。

急用會話

A May I help you?
美 愛 黑耳ㄆ 優

需要我提供協助嗎？

B I'm lost.
愛門 漏斯特

我迷路了。

A Where are you going?
灰耳 阿 優 勾引

你要去哪裡？

B I'm lost.
愛門 漏斯特

我迷路了。

不必上班

I'm off today.
愛門 歐夫 特得
我今天不用上班。

急用會話

A What are you doing here?
　華特　阿　優　督引　ㄏㄧ屙
你在這裡做什麼？

B I'm off today.
愛門 歐夫 特得
我今天不用上班。

. . . .

A It's so late for your work.
依次 蒐 淚特 佛 幼兒 臥克
你上班會遲到啊！

B I'm off today.
愛門 歐夫 特得
我今天不用上班。

度假中

急用例句

I'm on vacation.
愛門 忘 肥肯遜
我在休假中。

急用會話

A Call me when you are back.
搵 密 昏 優 阿貝克
你回來就打電話給我！

B But I'm on vacation.
霸特 愛門 忘 肥肯遜
但是我在休假中。

· · · · · · · · · ·

A Did you check your e-mails?
低 優 切客 幼兒 e妹兒斯
你有收電子郵件嗎？

B Nope. I'm on vacation.
弄破 愛門 忘 肥肯遜
沒有耶！我在休假中。

累壞了

I'm exhausted.
愛門 一個肉死踢的
我累死了！

A You look terrible. Are you OK?
優　路克　太蘿蔔　阿　優　OK

你看起來糟透了。你還好吧？

B I'm exhausted.
愛門 一個肉死踢的

我累死了！

....

A Is everything OK?
意思　哀複瑞性　OK

凡事還好吧？

B I'm exhausted.
愛門 一個肉死踢的

我累死了！

不舒服

急用例句

I don't feel well.
愛 動特 非兒 威爾
我覺得不舒服。

急用會話

A I don't feel well.
愛 動特 非兒 威爾
我覺得不舒服。

B Do you want some aspirin?
賭 優 忘特 桑 阿斯匹靈
你要阿斯匹靈嗎？

- - - - - - - - - - - - - - - - - -

A I don't feel well.
愛 動特 非兒 威爾
我覺得不舒服。

B You really need to get out more.
優 瑞兒裡尼的 兔 給特 凹特 摩爾
你要多出去走走！

發燒

I have a fever.
愛 黑 夫 ㄜ 非佛
我發燒了。

A Are you OK?
阿 優 OK
你還好吧？

B I have a fever.
愛 黑 夫 ㄜ 非佛
我發燒了。

A You look really pale.
優 路克 瑞兒裡 派耳
你看起來很蒼白！

B I have a fever.
愛 黑 夫 ㄜ 非佛
我發燒了。

摔斷腿

急用例句

I broke my leg.
愛 不羅客 買 類格
我摔斷腿了！

急用會話

A You look terrible.
優 路克 太蘿蔔
你看起來糟透了！

B I broke my leg.
愛 不羅客 買 類格
我摔斷腿了！

A I broke my leg.
愛 不羅客 買 類格
我摔斷腿了！

B Did you go to see a doctor?
低 優 購 兔 吸 亡 搭特兒
你有去看醫生嗎？

勸多休息

Have a good rest.
黑夫 さ 估的 瑞斯特
先好好休息吧！

A I just feel sick.
愛 賈斯特 非兒 西客
我只是覺得不舒服。

B Have a good rest.
黑夫 さ 估的 瑞斯特
先好好休息吧！

A I've got a headache.
愛夫 咖 さ 黑得客
我頭痛。

B Have a good rest.
黑夫 さ 估的 瑞斯特
先好好休息吧！

需要休息

急用例句

I need to take a break.
愛 尼的 兔 坦克 も 不來客
我需要休息一下！

急用會話

A Want some coffee?
忘特 桑 咖啡

要喝咖啡嗎？

B Yes. I need to take a break.
夜司 愛尼的 兔坦克 も 不來客

好啊。我需要休息一下！

．．．．．．．．．．．．．．．．．．．．

A You look tired.
優 路克 太兒的

你看起來很累耶！

B I need to take a break.
愛尼的 兔坦克 も 不來客

我需要休息一下！

詢問售價

How much is it?
好　馬區　意思　一特

這個賣多少錢？

A How much is it?
好　馬區　意思　一特

這個賣多少錢？

B It's two hundred.
依次　凸　哼濁爾

兩百(元)。

- -

A How much is it?
好　馬區　意思　一特

這個賣多少錢？

B Two hundred, please.
凸　哼濁爾　普利斯

要賣兩百(元)。

決定購買

急用例句

> I will take it.
> 愛我 坦克 一特
> **我決定要買了。**

急用會話

A What do you think of it?
華特 賭 優 施恩客 歐夫 一特

這個你覺得怎麼樣呢？

B I will take it.
愛我 坦克 一特

我決定要買了。

- -

A How about this one?
好 爺寶兒 利斯 萬

這個好嗎？

B I will take it.
愛我 坦克 一特

我決定要買了。

自己下決定

It's your own decision.
依次 幼兒 翁 低日訓
由你自己來決定。

A What shall I do?
華特 修 愛睹

我應該怎麼做？

B It's your own decision.
依次 幼兒 翁 低日訓

由你自己來決定。

. . . .

A Maybe I should call her.
美批 愛 秀得 摳 喝

也許我應該打電話給她。

B It's your own decision.
依次 幼兒 翁 低日訓

由你自己來決定。

由對方決定

急用例句

It's up to you.
依次 阿鋪 兔 優
由你決定。

急用會話

A Should I tell her about this?
秀得 愛 太耳 喝 爺寶兒 利斯

我應該要告訴她這件事嗎？

B It's up to you.
依次 阿鋪 兔 優

由你決定。

* * * * * * * * * * * * * *

A I don't want this.
愛 動特 忘特 利斯

我不想要這樣啊！

B It's up to you.
依次 阿鋪 兔 優

隨便你。

驚呼

My God.
買　咖的
我的天啊！

A My God.
買　咖的

我的天啊！

B What happened?
華特　黑噴的

怎麼啦？

· ·

A Oh, my God.
喔　買　咖的

喔，我的天啊！

B How did it happen?
好　低 一特 黑噴

怎麼發生的？

低姿態請求

急用例句

Please?
普利斯
拜託好嗎?

急用會話

A Please?
普利斯

拜託好嗎?

B Sure.
秀

當然好。

- - - - - - - - - - - - - - - - - -

A Please?
普利斯

拜託好嗎?

B Don't think about it.
動特　施恩客　爺寶兒　一特

想都別想。

去電找人

May I speak to David, please?
美 愛 司批客 兔 大衛 普利斯

我可以和大衛講電話嗎?

A May I speak to David, please?
美 愛 司批客 兔 大衛 普利斯

我可以和大衛講電話嗎?

B Speaking.
司批慶

請說。

· ·

A May I speak to David, please?
美 愛 司批客 兔 大衛 普利斯

我可以和大衛講電話嗎?

B Who is calling, please?
乎 意思 摳林 普利斯

你是哪一位?

不要掛斷電話

急用例句

Hold on.
厚得 忘

等一下，先不要掛斷電話。

急用會話

A Hello, may I speak to Chris?
哈囉 美 愛 司批客 兔 苦李斯

哈囉，我能和克里斯說話嗎？

B Hold on.
厚得 忘

等一下，先不要掛斷電話。

A Is David in the office?
意思 大衛 引 勒 歐肥斯

大衛有在辦公室裡嗎？

B Hold on.
厚得 忘

等一下，先不要掛斷電話。

留言

> May I leave a message?
> 美 愛 力夫 ㄊ 妹西居
> **我可以留言嗎？**

A May I leave a message?
美 愛 力夫 ㄊ 妹西居

我可以留言嗎？

B Hold on a second, please.
厚得 忘 ㄊ 誰肯 普利斯

請稍候。

· ·

A May I leave a message?
美 愛 力夫 ㄊ 妹西居

我可以留言嗎？

B Of course.
歐夫 寇斯

當然。

歡迎

急用例句

> Welcome.
> 威爾康
> 歡迎！

急用會話

A I'll show him around.
愛我 秀 恨 婀壯

我帶他四處看一看。

B Welcome.
威爾康

歡迎！

A Good to see you.
估的 兔 吸 優

很高興認識你！

B Welcome.
威爾康

歡迎！

歡迎回來

> Welcome back.
> 威爾康　貝克
> 歡迎回來。

A Home, sweet home.
　　厚　司威特　厚

還是家裡好！

B Welcome back.
　　威爾康　貝克

歡迎回來。

- -

A Good to be here.
　　估的　鬼　逼　厂一爾

回來真好！

B Welcome back.
　　威爾康　貝克

歡迎回來。

歡迎回家

急用例句

> Welcome home.
> 威爾康　厚
> 歡迎回家。

急用會話

A I am home.
愛 M　厚
我回來囉！

B Welcome home.
威爾康　厚
歡迎回家。

. . . .

A I am on my way home.
愛 M 忘 買 位　厚
我正在回家的路上！

B Welcome home.
威爾康　厚
歡迎回家。

稍後再決定

> We will see.
> 屋依 我 吸
> 再說吧！

A Think it over.
施恩客 一特 歐佛

你仔細考慮一下吧！

B We will see.
屋依 我 吸

再說吧！

. . . .

A We better get going!
屋依 杯特 給特 勾引

我們最好馬上就走！

B We will see.
屋依 我 吸

再說吧！

無言以對

急用例句

What can I say?
華特　肯愛塞
我能說什麼？

急用會話

A Could you work overtime tonight?
苦揪兒　臥克　歐佛　太ㄇ　特耐
你今晚可以加班嗎？

B What can I say?
華特　肯愛塞
我能說什麼？

- - - - - - - - - - - - - - - - - -

A Time will tell.
太ㄇ　我　太耳
時間會證明一切。

B What can I say?
華特　肯愛塞
我能說什麼？

不必理會

Whatever!
華特A模
不必理會啦！

急用會話

A You only care about yourself.
優 翁裡 卡耳 爺寶兒 幼兒塞兒夫

你只會關心自己的事情。

B Whatever!
華特A模

不必理會啦！

. . . .

A Watch out for him.
襪區 凹特 佛 恨

你對他要小心一點。

B Whatever!
華特A模

不必理會啦！

自己不在意

急用例句

I don't care.
愛 動特 卡耳
我不在意。

急用會話

A Can you believe that?
肯 優 逼力福 類
你相信那件事嗎？

B I don't care.
愛 動特 卡耳
我不在意。

A What's John like?
華資 強 賴克
約翰是個怎樣的人？

B I don't care.
愛 動特 卡耳
我不在意。

沒人在意

Who cares!
手　凱爾斯
誰在乎啊！

急用會話

A It's rumored that she is dead.
依次　入門的　類　需　意思　爹的

據傳聞，她已身亡了！

B Who cares!
手　凱爾斯

誰在乎啊！

. . . .

A That is about all I know.
類　意思　爺寶兒　歐　愛　弄

我知道的就是這些事。

B Who cares!
手　凱爾斯

誰在乎啊！

不用放在心上

急用例句

Never mind.
耐摩　參得
沒關係，不用在意！

急用會話

A I'm sorry to hear that.
愛門 蒐瑞 兔 厂一偏 類

很抱歉聽到這個消息。

B Never mind.
耐摩　參得

沒關係，不用在意！

• •

A It's my fault.
依次 買 佛特

都是我的過錯。

B Never mind.
耐摩　參得

沒關係，不用在意！

不再計較

> Forget it.
> 佛給特 一特
> 算了。

A Sorry, I'm not really sure.
蒐瑞 愛門那 瑞兒裡 秀

抱歉，我不太確定。

B Forget it.
佛給特 一特

算了。

. . . .

A Come on, don't be so mad.
康 忘 動特 逼蒐 妹的

好了啦，不要這麼生氣。

B Forget it.
佛給特 一特

算了。

259

不公平

急用例句

It's not fair to me.
依次 那 非耳 兔密

對我來說不公平。

急用會話

A You can't do it.
優 肯特 賭 一特

你不能這麼做。

B It's not fair to me.
依次 那 非耳 兔 密

對我來說不公平。

‥‥‥‥‥‥‥‥‥‥‥‥‥‥‥

A See? It's your fault.
吸 依次 幼兒 佛特

看吧！都是你的錯！

B It's not fair to me.
依次 那 非耳 兔 密

對我來說不公平。

不要拘束

> Make yourself at home.
> 妹克　幼兒塞兒夫ㄟ　厚
> **不要拘束。**

A It's a pleasure to meet you.
依次 亡 舖來揪　兔　密　揪

很高興認識你！

B Make yourself at home.
妹克 幼兒塞兒夫ㄟ　厚

不要拘束。

* * * * * * * * * * * * * * *

A Sorry to bother you.
蒐瑞　兔　芭樂　優

很抱歉來打擾你。

B Make yourself at home.
妹克 幼兒塞兒夫ㄟ　厚

不要拘束。

請求告知

急用例句

> **You tell me.**
> 優 太耳 密
> **我不知道（你告訴我）。**

急用會話

A Can you believe that?
肯 優 逼力福 類

你相信那件事嗎？

B You tell me.
優 太耳 密

我不知道（你告訴我）。

∙∙∙∙∙∙∙∙∙∙∙∙∙∙∙∙∙∙∙∙∙∙∙∙

A Are you impressed?
阿 優 映瀑來斯的

有沒有覺得印象深刻？

B You tell me.
優 太耳 密

你說呢？

說出來

Try me.
端 密
你說說看啊！

A You're not going to believe this.
優矮 那 勾引 兔 逼力福利斯

你一定不會相信的！

B Try me.
端 密

你說說看啊！

A Maybe I can put it another way.
美批 愛肯 鋪 一特 安娜餌 位

換一個說法好了。

B Try me.
端 密

你說說看啊！

解職

急用例句

You are fired.
優　阿　凡爾的

你被炒魷魚了！

急用會話

A What did you say?
華特　低　優　塞

你說什麼？

B You are fired.
優　阿 凡爾的

你被炒魷魚了！

● ● ● ● ● ● ● ● ● ● ● ● ● ● ● ● ● ● ●

A What do you mean by that?
華特　賭　優　密　百　類

你這是什麼意思？

B You are fired.
優　阿 凡爾的

你被炒魷魚了！

被資遣

> **I was laid off.**
> 愛 瓦雌 累的 歐夫
> **我被解雇了。**

A You OK?
優　OK
你還好吧？

B I was laid off.
愛 瓦雌 累的 歐夫
我被解雇了。

• •

A What happened to you?
華特　黑噴的　兔 伲
你發生什麼事了？

B I was laid off.
愛 瓦雌 累的 歐夫
我被解雇了。

花費時間

急用例句

> It takes time.
> 一特 坦克斯 太ㄇ
>
> **要花時間。**

急用會話

A How long is it gonna be?
好 龍 意思 一特 購那 逼

大概需要多久啊？

B It takes time.
一特 坦克斯 太ㄇ

要花時間。

. . . .

A What's keeping you?
華資 機舖引 優

為什麼那麼慢？

B It takes time.
一特 坦克斯 太ㄇ

要花時間。

不耽誤時間

> It won't keep you long.
> 一特 甕 機舖 優 龍
> **不會耽誤你太多時間。**

急用會話

A How long is it gonna be?
好 龍 意思 一特 購那 逼

大概需要多久啊？

B It won't keep you long.
一特 甕 機舖 俊 龍

不會耽誤你太多時間。

· ·

A I'm quite busy at the moment.
愛門 快特 逼日 ㄟ 勒 摩門特

我現在很忙！

B It won't keep you long.
一特 甕 機舖 優 龍

不會耽誤你太多時間。

工程浩大

急用例句

That's a lot of work.
類茲 ㄜ 落的 歐夫 臥克
這真的是工程浩大。

急用會話

A Would you show me how to do it?
屋揪兒 秀 密 好 兔賭一特
你能做給我看嗎？

B That's a lot of work.
類茲 ㄜ 落的 歐夫 臥克
這真的是工程浩大。

. . . .

A Have you got any plans?
黑夫 優 咖 安尼 不蘭斯
你有什麼計畫嗎？

B That's a lot of work.
類茲 ㄜ 落的 歐夫 臥克
這真的是工程浩大。

被自己反鎖

急用例句

I locked myself out.
愛 辣課的 買塞兒夫 凹特
我把自己反鎖在外了。

急用會話

A What's keeping you?
華資 機舖引 優

為什麼那麼慢？

B I locked myself out.
愛 辣課的 買塞兒夫 凹特
我把自己反鎖在外了。

. . . .

A Where have you been?
灰耳 黑夫 優 兵

你去哪裡了？

B I locked myself out.
愛 辣課的 買塞兒夫 凹特
我把自己反鎖在外了。

感激接受

急用例句

Yes, please.
夜司　普利斯
好啊，謝謝！

急用會話

A Would you like some coffee?
屋揪兒　賴克　桑　咖啡
要不要喝一點咖啡？

B Yes, please.
夜司　普利斯
好啊，謝謝！

A May I help you?
美　愛　黑耳ㄆ　優
需要我幫忙嗎？

B Yes, please.
夜司　普利斯
好啊，謝謝！

客氣回絕

No, thanks.
弄 山克斯
不用,謝謝!

A Want something to eat?
忘特 桑性 兔一特

想吃點東西嗎?

B No, thanks.
弄 山克斯

不用,謝謝!

. . . .

A Coffee or tea?
咖啡 歐 踢

要咖啡或是茶?

B No, thanks.
弄 山克斯

不用,謝謝!

不必麻煩

急用例句

Please don't bother.
普利斯 動特 芭樂
請不必這麼麻煩。

急用會話

A Anything I can buy for you?
安尼性 愛肯 百 佛 優

需要我幫你買什麼嗎？

B Please don't bother.
普利斯 動特 芭樂

請不必這麼麻煩。

. . . .

A Let me make something for you.
勒密 妹克 桑性 佛 優

我幫你做點吃的。

B Please don't bother.
普利斯 動特 芭樂

請不必這麼麻煩。

加入或退出

Are you in or out?
阿　優　引　歐　凹特

你到底要不要參加？

A Are you in or out?
阿　優引　歐凹特

你到底要不要參加？

B Count me in.
考特　密　引

算我一份。

- -

A Are you in or out?
阿　優　引歐凹特

你到底要不要參加？

B Count me out!
考特　密　凹特

我不參加！

百分百確認

急用例句

It's going to happen.
依次 勾引 兔 黑噴

事情百分百確定了。

急用會話

A I can't believe it.
愛 肯特 逼力福 一特

真教人不敢相信！

B It's going to happen.
依次 勾引 兔 黑噴

事情百分百確定了。

A What do you say about all this?
華特 睹 優 塞 爺賓兒 歐 利斯

對這件事，你怎麼說？

B It's going to happen.
依次 勾引 兔 黑噴

事情百分百確定了。

打賭

I bet.
愛 貝特
我敢打賭是這樣。

A They'll be the best.
　　勒我　逼　勒 貝斯特

他們會是最棒的！

B I bet.
　　愛 貝特

我敢打賭是這樣。

⋯⋯⋯⋯⋯⋯⋯⋯⋯⋯⋯⋯⋯⋯⋯

A It's going to happen.
　　依次 勾引　兔　黑噴

事情百分百確定了。

B I bet.
　　愛 貝特

我敢打賭是這樣。

感到厭煩

急用例句

I'm tired of it.
愛門　太兒的　歐夫　一特

我感到厭煩了！

急用會話

A Why don't you talk to Mark about it?
壞　動特　優　透克　兔　馬克　爺寶兒　一特

你為什麼不跟馬克談一談呢？

B I'm tired of it.
愛門　太兒的　歐夫　一特

我感到厭煩了！

- -

A You should do fine.
優　秀得　賭　凡

你會表現得很好的。

B I'm tired of it.
愛門　太兒的　歐夫　一特

我感到厭煩了！

感到噁心

I'm sick of it.
愛門 西客 歐夫 一特
我都膩了！

A How do you like it?
好 賭 優 賴克 一特

你覺得呢？

B I'm sick of it.
愛門 西客 歐夫 一特

我都膩了！

. . . .

A You don't like it.
優 動特 賴克 一特

你不喜歡！

B Not at all. I'm sick of it.
那 ㄟ 歐 愛門 西客 歐夫 一特

一點都不喜歡！噁心死了！

喜歡

急用例句

I like it very much.
愛 賴克 一特 肥瑞 罵區
我非常喜歡。

急用會話

A What do you say?
華特 賭 優 塞
你覺得呢？

B I like it very much.
愛 賴克 一特 肥瑞 罵區
我非常喜歡。

A What's your opinion?
華資 幼兒 阿批泥恩
你的想法呢？

B I like it very much.
愛 賴克 一特 肥瑞 罵區
我非常喜歡。

不喜歡

I don't like it at all.
愛 動特 賴克 一特 ㄟ 歐
我一點也不喜歡。

急用會話

A I don't like it at all.
愛 動特 賴克 一特 ㄟ 歐

我一點也不喜歡。

B Why not?
壞 那

為什麼不愛？

· ·

A I don't like it at all.
愛 動特 賴克 一特 ㄟ 歐

我一點也不喜歡。

B Neither do I.
泥樂 賭愛

我也不喜歡。

説明

急用例句

Let me put it this way.
勒 密 鋪 一特 利斯 位
讓我這麼說吧。

急用會話

A Well... I don't get it.
威爾 愛 動特 給特 一特

嗯…我不懂耶！

B Let me put it this way.
勒密 鋪 一特 利斯 位

讓我這麼說吧。

- -

A Let me put it this way.
勒 密 鋪 一特 利斯 位

讓我這麼說吧。

B Go ahead.
購 耳黑的

繼續說吧！

主動處理

Allow me.
阿樓　密
讓我來處理！

急用會話

A What the hell…
華特　勒　害耳

搞什麼鬼啊！

B Allow me.
阿樓　密

讓我來處理！

．．．．．．．．．．．．．．．．．．．．．．．．

A Allow me.
阿樓　密

讓我來處理！

B Thank you, young man.
山揪兒　　羊　賣世

年輕人，謝謝你！

沒有私心

急用例句

Business is business.
逼斯泥斯 意思 逼斯泥斯
事情要公事公辦！

急用會話

A Are you kidding?
阿 優 ㄎㄧㄥ

你在開玩笑嗎？

B Business is business.
逼斯泥斯 意思 逼斯泥斯

事情要公事公辦！

. . . .

A Which side are you?
會區 塞得 阿 優

你要站在哪一方？

B Business is business.
逼斯泥斯 意思 逼斯泥斯

事情要公事公辦！

和對方一樣

> Just like you.
> 賈斯特 賴克 優
> **就和你一樣!**

A He's got ambitions.
厂一斯 咖 阿門逼休斯

他很有野心!

B Just like you.
賈斯特 賴克 優

就和你一樣!

∙∙∙∙∙∙∙∙∙∙∙∙∙∙∙∙∙∙∙∙∙∙∙∙∙∙∙∙∙∙∙∙

A I can't believe what he did.
愛 肯特 逼力福 華特 厂一 低

我不敢相信他所做的事。

B Just like you.
賈斯特 賴克 優

就和你一樣!

不能理解

急用例句

> What?
> 華特
> 搞什麼啊！

急用會話

A Hold your tongue.
厚得 幼兒 躺

你住嘴！

B What?
華特

搞什麼啊！

• •

A What the hell...
華特 勒 害耳

搞什麼鬼啊！

B What?
華特

怎麼啦？

藉口

That is an excuse.
類 意 思 恩 ㄟ克斯Q斯

都是藉口!

A I don't agree with you.
愛 動特 阿鬼 位斯 優

我不同意你。

B That is an excuse.
類 意 思 恩 ㄟ克斯Q斯

都是藉口!

∴∴∴∴∴∴∴∴∴∴∴∴∴∴∴∴∴∴∴∴∴∴∴∴∴∴

A I think it's too expensive.
愛 施恩客 依次 兔 一撕半撕

我覺得太貴了。

B That is an excuse.
類 意 思 恩 ㄟ克斯Q斯

都是藉口!

全部的狀況

That's all.
類茲 歐

就這樣囉！

A If you say so.
一幅 優 塞 蒐

你說是就是。

B That's all.
類茲 歐

就這樣囉！

. . . .

A Check this out. Is that all?
切客 利斯 凹特 意思 類 歐

你看！全部就這樣嗎？

B That's all.
類茲 歐

就這樣囉！

提供食物

Want something to eat?
忘特　　桑性　　兔一特

想不想吃點東西？

A Want something to eat?
忘特　　桑性　　兔一特

想不想吃點東西？

B A little later.
A　裡頭　淚特

晚點再說！

- -

A Want something to eat?
忘特　　桑性　　兔一特

想不想吃點東西？

B Some chicken would be alright.
桑　　七壁　　屋　逼　歐軟特

吃點雞肉也好。

想吃食物

急用例句

Got anything good to eat?
咖　安尼性　估的　兔一特

有沒有東西可以吃？

急用會話

A Got anything good to eat?
咖　安尼性　估的　兔一特

有沒有東西可以吃？

B Yeah, some chicken, and I made a pie.
訝　桑　七墾　安愛妹得ㄜ派

有啊！有些雞肉，我還烤了派。

- -

A Got anything good to eat?
咖　安尼性　估的　兔一特

有沒有東西可以吃？

B Let me get you a little something.
勒　密　給特優ㄜ裡頭　桑性

我拿些東西給你吃。

特定餐點

What would you like for lunch?
華特　　屋揪兒　賴克佛　濫去
你午餐想吃什麼？

A It's dinnertime.
依次 丁呢 太ㄇ
晚餐時間到了。

B What would you like for lunch?
華特　　屋揪兒　賴克佛　濫去
你午餐想吃什麼？

A I am so hungry.
愛 M 蒐 航鬼力
我好餓！

B What would you like for lunch?
華特　　屋揪兒　賴克佛　濫去
你午餐想吃什麼？

外出用餐

急用例句

Let's eat out tonight.
辣資 一特 四特 特耐
我們今晚去外面用餐吧！

急用會話

A Let's eat out tonight.
辣資 一特 四特 特耐

我們今晚去外面用餐吧！

B What are we going to have?
華特 阿 屋依 勾引 兔 黑夫

我們要吃什麼？

A I'm too tired to cook.
愛門 兔 太兒的 兔 庫克

我累到不想煮飯。

B Let's eat out tonight.
辣資 一特 四特 特耐

我們今晚去外面用餐吧！

最喜歡的食物

My favorite food is pizza.
買　肥佛瑞特　福的　意思　匹薩
我最喜歡的食物是披薩。

A What would you like to have?
華特　　屋揪兒　賴克 兔 黑夫

你想吃什麼？

B My favorite food is pizza.
買 肥佛瑞特　福的 意思 匹薩

我最喜歡的食物是披薩。

- - - - - - - - - - - - - - - - - - - -

A Want something to eat?
忘特　　　餐性　　兔 一特

想吃點什麼嗎？

B My favorite food is pizza.
買 肥佛瑞特　福的 意思 匹薩

我最喜歡的食物是披薩。

餐廳訂位

急用例句

I want a table for tonight at seven.
愛 忘特 さ 特伯 佛　特耐 　ㄟ 塞門

我要訂今晚七點鐘的座位。

急用會話

A May I help you?
美 愛 黑耳ㄆ 優

有什麼需要我效勞的嗎？

B I want a table for tonight at seven.
愛 忘特 さ 特伯 佛　特耐 ㄟ 塞門

我要訂今晚七點鐘的座位。

A Welcome to The Four Seasons Restaurant.
威爾康 兔 勒 佛 西任斯 瑞斯特讓

歡迎光臨四季餐廳。

B I want a table for tonight at seven.
愛 忘特 さ 特伯 佛　特耐 ㄟ 塞門

我要訂今晚七點鐘的座位。

預訂兩人的座位

I want a table for two, please.
愛 忘特 ㄜ 特伯　佛 凸　普利斯
我要兩個人的位子。

急用會話

A Welcome to Four Seasons Restaurant.
威爾康　兔佛　西任斯　瑞斯特讓
歡迎光臨四季餐廳。

B I want a table for two, please.
愛 忘特 ㄜ 特伯 佛 凸　普利斯
我要兩個人的位子。

A I want a table for two, please.
愛 忘特 ㄜ 特伯 佛 凸　普利斯
我要兩個人的位子。

B This way, please.
利斯　位　普利斯
請走這邊。

293

頭腦不清

急用例句

You are out of your mind.
優　阿四特　歐夫　幼兒　麥得

你腦子有毛病！

急用會話

A Come on, take a look.
康　忘　坦克　亡　路克

來，你看一下。

B You are out of your mind.
優　阿四特　歐夫　幼兒　麥得

你腦子有毛病！

A You don't treat me like a friend.
優　動特　楚一特　密　賴克　亡　富懶得

你們不把我當朋友看。

B You are out of your mind.
優　阿四特　歐夫　幼兒　麥得

你腦子有毛病！

質疑對方的想法

What were you thinking?
華特　我兒　優　施恩慶

你腦袋裡在想什麼啊？

急用會話

A I don't need any help.
愛動特尼的　安尼　黑耳ㄆ

我不需要任何的幫助。

B What were you thinking?
華特　我兒　優　施恩慶

你腦袋裡在想什麼啊？

- - - - - - - - - - - - - - - - - - - -

A What were you thinking?
蒂特　我兒　優　施恩慶

你腦袋裡在想什麼啊？

B What do you mean by that?
華特　賭　優　密　百　類

你這是什麼意思？

瘋狂

急用例句

Are you crazy?
阿　優　虧理

你瘋啦？

急用會話

A It is true.
一特　意思　楚

這是真的！

B Are you crazy?
阿　優　虧理

你瘋啦？

- - - - - - - - - - - - - - - -

A Don't say that.
動特　塞　類

不要這麼說！

B Are you crazy?
阿　優　虧理

你瘋啦？

被激怒

You piss me off.
優 批司 密 歐夫
你氣死我了！

A I don't like this one.
愛 動特 賴克 利斯 萬

我不喜歡這一件。

B You piss me off.
優 批司 密 歐夫

你氣死我了！

A That's all I can do.
類茲 歐 愛 肯 賭

我能做的就這些！

B You piss me off.
優 批司 密 歐夫

你氣死我了！

自作自受

急用例句

> You asked for it.
> 優 愛斯克特 佛 一特
> 這是你自找的！

急用會話

A I'm sick of it.
愛門 西客 歐夫 一特
我對這個煩透了！

B You asked for it.
優 愛斯克特 佛 一特
這是你自找的！

A Don't give me a hard time.
動特 寄 密 ㄜ 哈得 太ㄇ
別為難我了！

B You asked for it.
優 愛斯克特 佛 一特
這是你自找的！

住嘴

Shut up.
下特 阿鋪
少囉嗦！

A Do something!
賭 桑性

想想辦法吧！

B Shut up.
下特 阿鋪

少囉嗦！

A What the hell…
華特 勒 害耳

搞什麼鬼啊！

B Shut up.
下特 阿鋪

少囉嗦！

安靜

急用例句

> Be quiet.
> 逼 拐ㄝ特
> 安靜！

急用會話

A Wow, look at that…
哇 路克ㄟ類

哇，你看那個…

B Be quiet.
逼 拐ㄝ特

安靜！

A Listen! Do you hear that? Isn't it…
樂身 賭 優 ㄏㄧㄦ類 一任 一特

你聽！有聽見嗎？那不就是…

B Be quiet.
逼 拐ㄝ特

安靜！

不要來煩

Don't bother me.
動特　芭樂　密
別煩我！

A Do you hear me?
賭　優　厂一爾　密

你有在聽嗎？

B Don't bother me.
動特　芭樂　密

別煩我！

. . . .

A Can you hold this?
肯　優　厚得　利斯

你可以扶好嗎？

B Don't bother me.
動特　芭樂　密

別煩我！

需要獨處

急用例句

Leave me alone.
力夫 密 A弄

讓我靜一靜！

急用會話

A Just tell me what happened.
貫斯特 太耳 密 華特 黑噴的

告訴我發生什麼事了。

B Leave me alone.
力夫 密 A弄

讓我靜一靜！

A Why did you treat me like this?
壞 低 優 楚一特 密 賴克 利斯

你怎麼能這樣對待我？

B Leave me alone.
力夫 密 A弄

讓我靜一靜！

丟臉

Shame on you!
邪門　忘優
你真丟臉！

A Look what I did.
路克　華特愛低

看我做的這個。

B Shame on you!
邪門　忘　優

你真丟臉！

A I don't want to help him.
愛動特　忘特免黑耳夕恨

我不想幫他！

B Shame on you!
邪門　忘　優

你真丟臉！

自不量力

急用例句

Who do you think you are?
乎　賭　優　施恩客　優　阿

你以為你是誰！

急用會話

A You really ought to move out.
優　瑞兒裡　嘔特　兔　木副　凹特

你真的應該要搬出去。

B Who do you think you are?
乎　賭　優　施恩客　優　阿

你以為你是誰！

A Aren't you going to do something?
阿特　優　勾引　兔　賭　桑性

你不想想辦法嗎？

B Who do you think you are?
乎　賭　優　施恩客　優　阿

你以為你是誰！

咒罵

Rats!
瑞茲
可惡！

A It's a huge misunderstanding.
依次 さ 遇居　密思玩得史丹引

這真是天人的誤會啊！

B Rats!
瑞茲
可惡！

. . . .

A You're nothing to me.
優矮　那性　兔 密

你對我來說什麼都不是。

B Rats!
瑞茲
可惡！

生氣

急用例句

> Shit!
> 序特
> **糟糕！**

急用會話

A We're going to be late.
屋阿 勾引 兔逼 淚特

我們要遲到了！

B Shit!
序特

糟糕！

- - - - - - - - - - - - - - - - - - - -

A It's your fault.
依次 幼兒 佛特

這是你的錯。

B Shit!
序特

糟糕！

要對方滾蛋

Get out!
給特 凹特
你給我滾蛋！

急用會話

A How about hanging out with me?
好 爺寶兒 和引 凹特 位斯 密

要不要和我出去晃晃？

B Get out!
給特 凹特

滾蛋！

A I couldn't finish it in time.
愛 庫鄧 ㄈ尼績 一特 引 太ㄇ

我擔心我無法及時完成。

B Get out!
給特 凹特

你少來了！

307

不要擋路

急用例句

> Out of my way.
> 凹特 歐夫 買 位
> 滾開，別擋路！

急用會話

A Let's get started.
辣資 給特 司打的
我們開始吧！

B Out of my way.
凹特 歐夫 買 位
滾開，別擋路！

A Are you busy now?
阿 優 逼日 惱
你現在忙嗎？

B Out of my way.
凹特 歐夫 買 位
滾開，別擋路！

不願再見面

I don't want to see your face!
愛 動特　忘特 兔　吸　幼兒　飛斯
我不願再見到你！

A I don't want to see your face!
愛 動特　忘特 兔　吸　幼兒 飛斯

我不願再見到你！

B Honey, don't say that.
哈妮　　動特 塞 類

親愛的，別這麼說！

- - - - - - - - - - - - - - - - - -

A I don't want to see your face!
愛 動特　忘特 兔　吸　幼兒 飛斯

我不願再見到你！

B Fine.
凡

隨便你！

糟透了

急用例句

> It sucks.
> 一特 薩客司
> 真是爛！

急用會話

A You like it?
　　優 賴克 一特

你喜歡嗎？

B Nope. It sucks.
　　弄破 一特 薩客司

不喜歡！真是爛！

- - - - - - - - - - - - - - - -

A It sucks.
　　一特 薩客司

真是糟透了！

B Sorry to hear that.
　　蒐瑞 兔 厂一爾 類

真遺憾！

笨蛋

Idiot.
一滴耳特
笨蛋！

A I made a mistake.
愛 妹得 亡 咪斯坦克

我犯了錯了！

B Idiot.
一滴耳特

笨蛋！

．．．．．．．．．．．．．．．．．．．．．．．．．

A Idiot.
一滴耳特

笨蛋！

B Stop saying that.
司踏不 塞引 類

不要這麼說了！

混蛋

急用例句

He's a jerk!
ㄏㄧ斯 ㄜ 酒客
他是個混蛋！

急用會話

A What do you think of him?
華特 睹 優 施恩客 歐夫恨
你覺得他是個怎麼樣的人？

B He's a jerk!
ㄏㄧ斯 ㄜ 酒客
他是個混蛋！

· · · · · · · · · · · · · · · · · · · ·

A He's a jerk!
ㄏㄧ斯 ㄜ 酒客
他是個混蛋！

B Please don't call him that.
普利斯 動特 摳 恨 類
拜託不要這樣稱呼他！

固執

You are stubborn.

優　阿　斯大繃

你真是固執。

A I've made up my mind.

愛夫　妹得　阿鋪　買　麥得

我決定了！

B You are stubborn.

優　阿　斯大繃

你真是固執。

. . . .

A This is not what you thought.

利斯　那　意思　華特　優　　收特

事情不是你想像的這樣！

B You are stubborn.

優　阿　斯大繃

你真是固執。

把人搞瘋

急用例句

You're driving me crazy.
優矮　轉冰　密　廚理
你快把我弄瘋了。

急用會話

A Look what I did.
路克　華特　愛　低
看我做的這個。

B You're driving me crazy.
優矮　轉冰　密　廚理
你快把我弄瘋了。

A You're driving me crazy.
優矮　轉冰　密　廚理
你快把我弄瘋了。

B I beg your pardon?
愛　貝格　幼兒　怕等
你說什麼？

受到威脅

Are you threatening me?
阿 優 睡毯引 密

你在威脅我？

A Don't do this, or you'll be sorry.
動特 賭 利斯 歐 優我 逼 蒐瑞

不要這麼做，不然你會後悔！

B Are you threatening me?
阿 優 睡毯引 密

你在威脅我？

. . . .

A Are you threatening me?
阿 優 睡毯引 密

你在威脅我？

B I am not.
愛 M 那

我沒有啊！

何時能準備好

急用例句

When will it be ready?
昏　我一特 逼 瑞底
什麼時候能準備好？

急用會話

A Let's get started.
辣資 給特 司打的

我們開始吧！

B When will it be ready?
昏　我一特 逼 瑞底

什麼時候能準備好？

A When will it be ready?
昏　我一特 逼 瑞底

什麼時候能準備好？

B By this Friday.
百 利斯 富來得

這個星期五之前。

健身

Do you work out?
賭　優　臥克四特
你有在健身嗎？

急用會話

A Do you work out?
賭　優　臥克四特
你有在健身嗎？

B Yes, I do.
夜司　愛賭
有，我有在健身。

. . . .

A If you don't get exercise you'll get fat.
一幅　優　動特　的特　愛瓜賽斯　偶我　給特　肥特
如果你不多做運動，你就會變胖。

B And you? Do you work out?
安揪兒　賭　優　臥克　四特
你呢？你有在健身嗎？

317

走這裡

急用例句

> This way, please.
> 利斯　位　普利斯
> **這邊請。**

急用會話

A I have an appointment with David.
愛 黑夫恩　阿婆一門特　位斯 大衛
我和大衛有約。

B This way, please.
利斯　位　普利斯
這邊請。

- - - - - - - - - - - - - - - - - - -

A Can I try this on?
肯 愛 踹 利斯 忘
我可以試穿這一件嗎？

B Sure. This way, please.
秀　利斯　位　普利斯
可以！這邊請。

318

喝阻不要動

Freeze!
福利日
別動！

A Freeze!
福利日

別動！

B OK. Don't shoot.
OK 動特 秀的

好！別開槍。

• •

A Freeze!
福利日

別動！

B Hey, I did nothing.
嘿 愛 低 那性

喂，我什麼事都沒做啊！

見過某人

急用例句

Have you ever met David?
黑夫　優　A模　妹特　大衛

你見過大衛嗎？

急用會話

A Have you ever met David?
黑夫　優　A模　妹特　大衛

你見過大衛嗎？

B Yes, I have.
夜司　愛　黑夫

有的，我有過。

• • • • • • • • • • • • • • • • • • • •

A Have you ever met David?
黑夫　優　A模　妹特　大衛

你見過大衛嗎？

B No. I don't think so.
弄　愛　動特　施恩客　苏

沒有。我可能沒有！

隨口探詢

Hello?
哈囉
有人嗎？

急用會話

A Hello?
哈囉

有人嗎？

B Yes?
夜司

有事嗎？

. . . .

A Hello?
哈囉

你有在聽嗎？

B Sorry. What did you just say?
蔻瑞　華特　低　優賈斯特　塞

抱歉，你剛剛說什麼？

321

可以分辨

急用例句

I can tell.
愛 肯 太耳
我看得出來！

急用會話

A Without a doubt, they fall in love.
慰勞 さ 套特 勒 佛引 勒夫

毫無疑問的，他們兩人陷入熱戀中了。

B I can tell.
愛 肯 太耳

我看得出來！

· ·

A I've already finished it on time.
愛夫 歐瑞底 非尼續的 一特 忘 太ㄇ

我已經如期完成了。

B I can tell.
愛 肯 太耳

我看得出來！

詢問時間

Do you know what time it is now?
賭　優　弄　華特 太冂 一特 意思 惱
你知道現在幾點了嗎？

A Do you know what time it is now?
賭　優　弄　華特 太冂 一特 意思 惱

你知道現在幾點了嗎？

B It's ten thirty now.
依次 天 捨替　惱

現在十點卅分了！

. . . .

A Do you know what time it is now?
賭　優　弄　華特 太冂 一特 意思 惱

你知道現在幾點了嗎？

B I have no idea.
愛 黑夫 弄 愛滴兒

我不知道。

無法負擔

急用例句

I can't afford it.
愛 肯特　A佛得 一特
我負擔不起。

急用會話

A You really ought to move out.
優 瑞兒裡 喔特 兔 木副 凹特
你真的應該搬出去。

B I can't afford it.
愛 肯特 A佛得 一特
我負擔不起。

- -

A Do what you have to do.
賭 華特 優 黑夫兔賭
做你應該做的事。

B But I can't afford it.
霸特 愛 肯特 A佛得 一特
但是我負擔不起。

無法容忍

> **I can't stand it.**
> 愛 肯特　史丹 一特
> **我無法容忍。**

急用會話

A What do you say?
　　華特　睹　優　塞

你說呢？

B I can't stand it.
　　愛 肯特 史丹 一特

我無法容忍。

. . . .

A You are not mad.
　　優　阿　那　妹的

你不生氣喔！

B I can't stand it.
　　愛 肯特 史丹 一特

我無法容忍。

失眠

急用例句

> I can't sleep.
> 愛 肯特 私立埔
> **我睡不著。**

急用會話

A You look awful today.
優　路克　臥佛　特得

你今天氣色看起來不太好！

B I can't sleep.
愛 肯特 私立埔

我睡不著。

• • • • • • • • • • • • • • • • • • • •

A You look so tired.
優　路克 蒐 太兒的

你看起很累耶！

B I can't sleep.
愛 肯特 私立埔

我睡不著。

沒有時間

I don't have any time.
愛 動特 黑夫 安尼 太ㄇ

我沒有時間。

A What are you going to do?
華特 阿 優 勾引 兔 賭

你打算怎麼作？

B I don't have any time.
愛 動特 黑夫 安尼 太ㄇ

我沒有時間。

. . . .

A When will you come back?
昏 我 優 康 貝克

你什麼時候會回來？

B I don't have any time.
愛 動特 黑夫 安尼 太ㄇ

我沒有時間。

不想惹麻煩

急用例句

I don't want any trouble.
愛 動特 忘特 安尼 插伯

我不希望有任何麻煩！

急用會話

A Why don't you do something?
壞 動特 優 賭 桑性

你為何不做點補救？

B I don't want any trouble.
愛 動特 忘特 安尼 插伯

我不希望有任何麻煩！

· ·

A This is your job.
利斯 意思 幼兒 假伯

這是你的工作！

B I don't want any trouble.
愛 動特 忘特 安尼 插伯

我不希望有任何麻煩！

也許會

> **I guess I will.**
> 愛 給斯 愛 我
> **也許我會。**

A You had better not change your mind.
　　優 黑的 杯特 那 勸居 幼兒 參得

你最好不要改變你的想法。

B I guess I will.
　　愛 給斯 愛 我

也許我會。

. . . .

A You have to be patient with her.
　　優 黑夫兔逼 配訓 位斯 喝

對她你要多點耐心。

B I guess I will.
　　愛 給斯 愛 我

也許我會。

329

不確定會不會

急用例句

> Maybe, maybe not.
> 美批　　美批　那
> 可能會，也可能不會！

急用會話

A Are you going to Taipei now?
阿　優　勾引　兔　台北　惱

你現在是要去台北嗎？

B Maybe, maybe not.
美批　　美批　那

可能會，也可能不會！

- - - - - - - - - - - - - - - -

A Can we make it in two minutes?
肯　屋依　妹克　一特　引　凸　咪遞疵

我們兩分鐘內可以到達嗎？

B Maybe, maybe not.
美批　　美批　那

可能會，也可能不會！

是否能力所及

急用例句

Can you make it?
肯 優 妹克 一特
你做得到？

急用會話

A Can you make it?
肯 優 妹克 一特
你做得到？

B I'll do my best.
愛我 賭 買 貝斯特
我會盡力。

· ·

A Can you make it?
肯 優 妹克 一特
你做得到？

B Yes, I can.
夜司 愛 肯
我可以！

散步

急用例句

Would you like to go for a walk?
屋揪兒　賴克　兔購　佛ㄜ　臥克

你想要去散步嗎？

急用會話

A Now what?
儂　華特

現在要幹嘛？

B Would you like to go for a walk?
屋揪兒　賴克　兔購佛ㄜ　臥克

你想要去散步嗎？

- -

A Would you like to go for a walk?
屋揪兒　賴克　兔購佛ㄜ　臥克

你想要去散步嗎？

B Sounds OK.
桑斯　OK

好啊！

洗碗

急用例句

Can you do the dishes?
肯　優　賭　勒　地需一斯
你可以洗碗嗎？

急用會話

A What do you want me to do?
華特　賭　優　忘特　密兔賭

你要我做什麼？

B Can you do the dishes?
肯　優　賭　勒　地需一斯

你可以洗碗嗎？

- -

A Can you do the dishes?
肯　優　賭　勒　地需一斯

你可以洗碗嗎？

B No problem.
弄　撲拉本

好啊！

遛狗

急用例句

Would you walk my dog?
屋揪兒　臥克　買　鬥個
你可以幫我遛狗嗎？

急用會話

A What can I do?
華特　肯　愛賭

我能做什麼？

B Would you walk my dog?
屋揪兒　臥克　買　鬥個

你可以幫我遛狗嗎？

A Would you walk my dog?
屋揪兒　臥克　買　鬥個

你可以幫我遛狗嗎？

B Why me again?
壞　密　愛乾

為什麼又是我？

詢問同樣的問題

> And you?
> 安揪兒
> 你呢？

急用會話

A What do you want to drink?
　　華特　賭　優　忘特　兔朱因克

　　你想要喝什麼？

B I'd prefer some strong tea.
　　愛屋 埔里非　桑　　司狀　踢

　　我要濃一點的茶。

A OK. And you?
　　OK　安揪兒

　　你呢？

C Just coffee, please.
　　賈斯特 咖啡　普利斯

　　咖啡就好！

稍微

急用例句

A little bit.
A 裡頭 畢特

是有一點！

急用會話

A You've lost some weight.
優夫 漏斯特 桑 為特

你變瘦了！

B A little bit.
A 裡頭 畢特

是有一點！

A You don't like her, do you?
優 動特 賴克 喝 賭 優

你不喜歡她，對吧？

B A little bit.
A 裡頭 畢特

是有一點！

搭便車

急用例句

Wanna lift?
望難 力夫特
要搭便車嗎？

急用會話

A It's about time to say good-bye.
依次 爺寶兒 太ㄇ 兔塞 佑的 拜

該是說再見的時候了。

B Wanna lift?
望難 力夫特

要搭便車嗎？

. . . .

A Wanna lift?
望難 力夫特

要搭便車嗎？

B Don't worry about me.
動特 窩瑞 爺寶兒 密

不用擔心我！

趕路

急用例句

What's the rush?
華資　勒　ㄖ阿需
你趕著要去哪裡？

急用會話

A What's the rush?
　　華資　勒　ㄖ阿需
　　你趕著要去哪裡？

B I have to be home before three o'clock.
　　愛黑夫兔逼　厚　必佛　樹裡A克拉克
　　我要在三點鐘前到家。

．．．．．．．．．．．．．．．．．．．

A I've got to leave.
　　愛夫　咖兔　力夫
　　我要走了。

B What's the rush?
　　華資　勒　ㄖ阿需
　　你趕著要去哪裡？

招呼計程車

Can I get a taxi for you?
肯 愛 給特 亡 胎克司 佛 優
需要我幫你叫一輛計程車嗎?

A I need to go home right now.
愛 尼的 兔購 厚 軟特 惱

我現在就要回家。

B Can I get a taxi for you?
肯 愛 給特 亡 胎克司 佛 優

需要我幫你叫一輛計程車嗎?

⋯⋯⋯⋯⋯⋯⋯⋯⋯⋯⋯⋯⋯⋯⋯

A Can I get a taxi for you?
肯 愛 給特 亡 胎克司 佛 優

需要我幫你叫一輛計程車嗎?

B Yes, please.
夜司 普利斯

好的,謝謝!

改變話題

急用例句

Let's change the subject.
辣資　勤居　勒　殺不潔特
我們換個話題吧！

急用會話

A He is not your Mr. Right.
ㄏ一　意思　那　幼兒　密斯特　軟特
他不是你的真命天子。

B Let's change the subject.
辣資　勤居　勒　殺不潔特
我們換個話題吧！

....

A I won't say anything.
愛　甕　塞　安尼性
我不會說出任何事的。

B Let's change the subject.
辣資　勤居　勒　殺不潔特
我們換個話題吧！

頭一次聽到

Now that's news!
惱　類茲　紐斯
這到是新鮮事！

急用會話

A I've got a cousin in Japan.
愛夫 咖 元　咖任引 假潘

我在日本有一個姪子。

B Now that's news!
惱　類茲　紐斯

這到是新鮮事！

. . . .

A I went to California for a few weeks.
愛 問特 兔 卡李佛妮雅 佛 元　否 屋一克斯

我去了加州幾個星期。

B Now that's news!
惱　類茲　紐斯

這到是新鮮事！

341

住手

急用例句

Stop it!
司踏不 一特
住手！

急用會話

A Give it to me.
寄 一特 兔 密

給我！

B Stop it!
司踏不 一特

住手！

. . . .

A Stop it, you guys!
司踏不 一特 優 蓋斯

你們快住手！

B What? We did nothing.
華特 屋依 低 那性

什麼？我們什麼都沒有做！

別期望自己

Don't look at me.
動特 路克 ㄟ 密
別看我！

A Can I count on you to be there for me?
肯 愛 考特 忘 優 兔 逼 淚兒 佛 密

我能仰賴你幫我去那裡嗎？

B Don't look at me.
動特 路克 ㄟ 密

別看我！

. . . .

A Who did this?
乎 低 利斯

這是誰做的？

B Don't look at me.
動特 路克 ㄟ 密

別看我！

美夢成真

急用例句

My dreams come true.
買　住咪斯　　康　　楚

我的美夢成真。

急用會話

A I am glad you made it.
愛 M 葛雷得 優　妹得 一特

我很高興你成功了！

B My dreams come true.
買　住咪斯　　康　　楚

我的美夢成真。

A What are you trying to prove?
華特 阿　優 踹 引 兔 埔夫

你想證明什麼？

B My dreams come true.
買　住咪斯　　康　　楚

我的美夢成真。

計畫

What's your plan?
華資　幼兒　不蘭
你的計畫是什麼？

A We have trouble here.
屋依　黑夫　插伯　ㄏ一爾

我們有麻煩了！

B What's your plan?
華資　幼兒　不蘭

你的計畫是什麼？

- -

A I don't agree with it from the start.
愛　動特　阿鬼　位斯　一特　防　勒　司打

從一開始我就持反對態度。

B What's your plan?
華資　幼兒　不蘭

你的計畫是什麼？

亂成一團

急用例句

What a mess here.
華特 ㄜ 密司 ㄏㄧ爾

這裡真亂。

急用會話

A Who did this?
乎 低 利斯

這是誰做的？

B What a mess here.
華特 ㄜ 密司 ㄏㄧ爾

這裡真亂。

• •

A Have a look.
黑夫 ㄜ 路克

你看一下！

B Wow… what a mess here.
哇 華特 ㄜ 密司 ㄏㄧ爾

哇…這裡真亂。

就是這一本超實用的旅遊英語

專為初學者設計
提供最實用的英語會話句子
一次搞定英語旅遊會話！
旅行不能忘記帶的英文小寶典！

從零開始學韓語會話

收錄初學者必學的韓語會話
本書依據各種話題，同時整理出會話、
文法、單字，以及補充例句，
讓初學者的你不小心就學會韓語，
從此想和韓國人聊天不再有口難言！

英語館 系列 05

臨時急用！
你一定會用到的菜英文-基礎實用篇

 編著　史瑞克　 執行編輯　張瑜凌　 美術編輯　翁敏貴

出版社

22103　新北市汐止區大同路三段１８８號９樓之１
TEL（02）8647-3663
FAX（02）8647-3660

法律顧問　方圓法律事務所　涂成樞律師

總經銷：永續圖書有限公司
永續圖書線上購物網
www.foreverbooks.com.tw

CVS代理　美璟文化有限公司
　　　　　TEL（02）2723-9968
　　　　　FAX（02）2723-9668
出版日　2013年01月

國家圖書館出版品預行編目資料

臨時急用!你一定會用到的菜英文-基礎實用篇
史瑞克編著. -- 初版. -- 新北市：語言鳥文化,
民102.01　面；　公分. --（英語館；5）
ISBN 978-986-88955-2-2(平裝附光碟片)

1.英語 2.會話

805.188　　　　　　　　　　101022652

語言鳥 **P**arrot 讀者回函卡

臨時急用！
你一定會用到的菜英文-基礎實用篇

感謝您對這本書的支持，請務必留下您的基本資料及常用的電子信箱，以傳真、掃描或使用我們準備的免郵回函寄回。我們每月將抽出一百名回函讀者寄出精美禮物，並享有生日當月購書優惠價，語言鳥文化再一次感謝您的支持與愛護！

想知道更多更即時的消息，歡迎加入"永續圖書粉絲團"

傳真電話：　　　　　　　　　電子信箱：
（02）8647-3660　　　　　　yungjiuh@ms45.hinet.net

基本資料

姓名：＿＿＿＿＿　○先生　電話：＿＿＿＿＿
　　　　　　　　　○小姐

E-mail：＿＿＿＿＿＿＿＿＿＿

地址：＿＿＿＿＿＿＿＿＿＿＿

購買此書的縣市及地點：＿＿＿＿＿

□連鎖書店　　□一般書局　　□量販店　　□超商

□書展　　□郵購　　□網路訂購　　□其他＿＿＿

您對於本書的意見

內容	：	□滿意	□尚可	□待改進
編排	：	□滿意	□尚可	□待改進
文字閱讀	：	□滿意	□尚可	□待改進
封面設計	：	□滿意	□尚可	□待改進
印刷品質	：	□滿意	□尚可	□待改進

您對於敝公司的建議

新北市汐止區大同路三段188號9樓之1

語言鳥文化事業有限公司

編輯部 收

請沿此虛線對折免貼郵票,以膠帶黏貼後寄回,謝謝!

語言是通往世界的橋梁

語言是通往世界的橋梁

語言鳥 Parrot
語言是通往世界的橋樑